如果年少时没有读到这些经典，大有可能成为一个平庸的人。

愿只当微笑，却有力量

林徽因
朱自清
许地山
等 著

图书在版编目（CIP）数据

愿你只当微笑，却有力量／林徽因等著．-- 北京：中国纺织出版社，2018.3 （2020.2重印）

（青少年名家经典阅读）

ISBN 978-7-5180-4776-5

Ⅰ.①愿… Ⅱ.①林… Ⅲ.①散文集—中国—现代②散文集—中国—当代 Ⅳ.① I266

中国版本图书馆 CIP 数据核字（2018）第 042495 号

责任编辑：李凤琴　　　责任印制：王艳丽

中国纺织出版社出版发行

地址：北京市朝阳区百子湾东里 A407 号楼　邮政编码：100124

邮购电话：010 — 87155894　传真：010 — 87155801

http://www.c-textilep.com

E-mail: faxing @ c-textilep.com

北京通天印刷有限责任公司　各地新华书店经销

2018 年 4 月第 1 版　2020 年 2 月第 2 次印刷

开本：710 × 1000　1/16　印张：12

字数：160 千字　定价：32.00 元

凡购本书，如有缺页、倒页、脱页，由本社图书营销中心调换

精彩语句

热情，一遇到实践，就必须变成勤于学习，克服困难；若是动不动就低下头去，不战而退，还算什么热情呢？

我有我的爱与不爱，存在我自己心里。我爱念什么就念，有什么心得我自己知道，这是种享受，虽然显得自私一点。

我是"永远有备"；如果我在十点要站岗，我在九点就准备好了：从来没有任何人或任何事在等候我片刻时光。

一个人也就是他所享乐的东西，所以无数美术家和以技取悦的人，无论现尚生存或久已物故，有名无名，崇高粗俗，都是生活在他的身上。

相信自己，靠自己，随时随地尽自己的一份儿往最好里去做，让自己活得有意思，一时一刻一分一秒都有意思。

特别是演戏，若不能忘记自己，那非糟不可。这个得勉强自己，训练自己；训练越好，越"逼真"，越美，越能感染读者和观众。

生活是种律动，须有光有影，有左有右，有晴有雨；滋味就含在这变而不猛的曲折里。

所谓真忙，如写情书，如种自己的地，如发现九尾彗星，如在灵感下写诗作画，虽废寝忘食，亦无所苦。这是真正的工作，只有这种工作才能产生伟大的东西与文化。

世上无人人必读的书，只有在某时某地，某种环境，和生命中的某个时期必读的书。读书和婚姻一样，是命运注定的或阴阳注定的。

目 录 ▶▶
CONTENTS

第一章 世间万物，无不美好

我撞上了秋天	002
阳光广场	004
窗子以外	007
蛛丝和梅花	014
养花	018
文物·旧书·毛笔	020
猫	024
宴之趣	029
买墨小记	034
南北的点心	037
梨花	042
对照情境	044

第二章 用力去做事，用心去生活

家庭	047
儿女	051
论吃饭	057
作文的三个阶段	062
如何利用零碎时间	064
世故三昧	067
作文秘诀	070
父母的责任	073
初到清华记	080
宗月大师	083
文字生涯	087
我的中学时代	092

第三章 你当微笑，不失力量

跟着自己的兴趣走　096
中国爱国女杰王昭君传　101
学问与趣味　106
谈友谊　109
文艺与木匠　112
远的怀念　115
春意挂上了树梢　119
贾岛　122
中年人的寂寞　127
不曾衣锦，依旧还乡　129
我的照片　139
中秋夜感　141

第四章 不念过去，不惧未来

习惯　145
头一天　148
"天凉好个秋"　152
文艺与爱国　154
暗途　156
落花生　158
迂缓与麻木　160
谈日本文化书　164
我的彼得　169
求医　174
人类是唯一在工作的动物　179

第一章
世间万物，无不美好

这个世界还有很多事，值得你一如既往地相信——比如，美好。
其实美好本身便是一种信念，世间万物，无不美好，相信美好，才能与美好的一切在一起。

我撞上了秋天

郁达夫

今夏漫长的炎热里，凌晨那段时间大概最舒服。就养成习惯，天一亮，铁定是早上。四点半左右，就该我起床，或者入睡了。

这是我的生活规律。

但是昨晚睡得早，十一点左右。醒来一看，天还没亮，正想继续睡去，突然觉得蚊子的嗡嗡和空气的流动有些特别，不像是浓酽的午夜，一看表，果不其然，已经五点了。

爬起来，把自个儿撸撸干净了，走出我那烟熏火燎的房间，刚刚步出楼道，我就让秋天狠狠撞了个斤斗。

先是一阵风，施施然袭来，像一幅硕大无朋的裙裾，不由分说就把我从头到脚挤了一遍，挤牙膏似的，立马我的心情就畅快无比。我在夏天总没冬天那么活力洋溢，就是一个脑子清醒的问题。秋天要先来给我解决一下，何乐不为。

压迫整整一夏的天空突然变得很高，抬头望去——无数烂银也似的小白云整整齐齐排列在纯蓝天幕上，越看越调皮，越看越像长在我心中的那些可爱的灵气，我恨不得把它们轻轻抱下来吃上两口。我在天空上看到一张脸。想起这首很久以前写的歌，心境已经大不相同了，人也已经老了许多——人老了么？我就一直站在那里看，看个没完没了，我要看得它慢慢消失，慢慢而坚固地存放在我这里。

来来往往的人开始多了，有人像我一样看，那是比较浪漫的，我祝福他们；有人奇怪地看我一眼，快步离去，我也祝福他们，因为他们在为了什么忙碌。生命就是这样，你总要做些什么，或者感受些什么，这两种过程都值得尊敬，不能怠慢。就如同我，要坚守阵地，如同一只苍老的羚羊，冷静地厮守在我的网络，那些坛子的钢丝边缘上。六点钟就很好了，园门口就有汁多味美的鲜肉大包子，厚厚一层红亮辣油翠绿香菜，还星星般点缀着熏干大头菜的豆腐脑，还有如同128K猫一样热情的油条，如同美丽娴静女网友般的豆浆，还有知心好友一样外焦里嫩熨贴心肺的大葱烫面油饼。

这里这些鳞次栉比的房屋，每个窗户后面都有故事，或者在我这里发生过，或者是现在我想听的。每个梦游的男人都和我一样不肯消停，每个睡裙的女人都被爱过或者正在爱着，每个老人都很丰富，每个孩子都很新鲜。每条小狗都很生动，每只鸽子都很乖巧。每个早晨都要这样，虽然我已经不同以往，总是幻想奇遇，总是渴望付出烈火般的激情，又总是被乖戾的现实玩耍，被今天这难得的天气从狂热中唤醒。我已经不孤单了，是吧。

就是这个孤单，像一床棉被，盖在很高的高空，随着我房间人数的变化，或低落，或俯冲，或紧缠，或飘扬。美倒是美，狠了点儿，我知道。

噫吁戏，我的北京，昨天交通管制的北京，今年全国夏季气温最高的北京，用这样清丽的秋天撞击我神经的北京，把我的生活彻底弄乱，把我的故事彻底展开，把我仔细地铺成一张再造白纸的北京啊。

阳光广场

郁达夫

  阳光广场是个迷乱晕沉的地方。从亚北开发区长满黄金的地下轰然伸出两只巨手，胡乱抓下块天空，摩肩接踵的浮华就闻风而至，交融，缠绕，气喘吁吁，堆塑出风姿淋漓的现代宫殿。每次经过我都呼吸急促，充满莫名的热情。它太漂亮，所以邪恶。褐红的四壁从天上浇泼下来，几千扇宝蓝色单面透光玻璃后正隐藏着同一个欲望故事。紫色绸缎橙色气球呼啦啦地碰撞着，空气中仿佛有闪电在流淌。不锈钢门拱巨大，雪亮，压迫着蚂蚁般的人群。顺着大理石铺就近百米的台阶，走到站满古罗马雕塑的中央，才发现可以俯望整个城市。城市很脏，污染着春情。气质优雅的侍应生伸出雪白手套，为持卡贵族指领进入各种高级场所的便道，衣着光鲜的女郎继续朝我抛洒玫瑰花瓣，她的百褶裙也像她周围人的发带，闪烁着自豪的金色。她是不是也看出我需要更美丽的情人，更优裕的生活，更晴空万里的心境？

  俊彩星驰，鲜衣怒马，才华可以带来这些，我深信不疑。我要每天沉浸在阳光广场的风采里，等待理所当然的艳遇；要让每一扇彩色玻璃投射的阴影，沐浴我虚伪的忧郁，这是女人们在无所事事时愿意看见的；我要日进斗金，维持最豪华的开销；要全身上下名牌凛凛，须臾呼吸都散发上流社会的夜生活香水味。我的要求很低下，我的渴望很庸俗，我的现实还差着一点，这让我烦恼。因为我现在在这里。在阳光广场。我必须这样。

我的形象是蓝天白云的，没有多少人能抵挡，尤其是那些神秘慵懒的女子。我的歌声是无孔不入的，能把每片寂寞的心搅拌得一片混噩。我要拥有真正富翁的风度，以及真正贵族的苍白，冷漠，心不在焉。我要永远不再为生活受累，有人要提前给我精心准备。我要尽情享乐，从最奢侈的盛宴到最完美的音乐。我不相信只要很少的物质就能安静下来做我想做的一切。我要得到更多，因为别人得到过。这就是我在阳光广场的真实想法，我毫不避讳，并且津津乐道，不以为耻。

谁来点穿我的秘密？

我紧握着十年辛劳，穿筋蚀骨的疲惫，我强挺着苦熬的长夜，紊乱的睡眠神经。我愤世嫉俗，骄傲而狂躁，内心却充满软弱。我总难以面对现实，感觉生活在一切的边缘。圈子如此残酷，如此淫靡，我要用服从签下一张简单的收条，走进这里任意一个美丽的房间。我忘了曾经妥协过多少，还残存了多少自己。

风玩弄着表情模糊的雕塑，发出一种暧昧的呜咽。我静静坐在广场唯一的青玉门拱下。雪白的侍者又过来小心问候，我挥一挥手，让他走开。金色发带的玫瑰仕女那么可爱，我盘算着邀请她去喝点什么，再让她开始我以下的故事。打断我的是个粉白的婴儿，正指着一堆篝火嘻嘻地笑。几个祭司打扮的黑色身影随即飞奔过去。远处响起一丝空旷的牛角号声。谁也不能知道我的来历，如同不知道眼前这些超现实色块拼凑起来的人影，背景在真相来临之前都含有几分险恶。当最忠诚的东西再也无法守护心灵，我就必须从华贵的缝隙中欣然进入另一世界，虚幻也好，空谈也好，总之是改变。我知道我是物质的间谍，而不是奴隶。

如果没有名分可以证实自己，谁会听我水晶般的倾诉？如果没有宁静来炼字，谁能不说我在词藻上庸俗地飘浮，一无所成？如果没有拒绝，我如何享用来之不易的刺激？如果没有荒诞，哪里有现实？没有疯狂，哪里有城市？而当世界变成绞索，怎样的金碧辉煌才能做它的一枚戒指，把我这吟唱的无名指渐渐收紧？

我环顾天穹，寻找一个准确的时刻，站在阳光广场正中。那时白云和乌云都金边璀璨，醺风烂漫。我要让一阵狂乱的感应穿透我躯体，从头到脚潺潺流过。巨大的美丽让我心悦诚服，我答应做你的又一个祭品。我知道此刻有许多人正在进行同样的仪式。我要爱上每一个人，尤其是女人。我要用放荡来洗刷我血管上的皱纹，用享乐来拉扯神经，制造千金难买的激情。我还要在颤抖中找回抗衡诱惑的美妙方式，那就是和它融为一体。

事实上，阳光广场只是一个普通地方。非常普通，以至于无限夸张它的体积，它也只是微笑不语。宫殿的气质只在深夜显现。七彩霓虹打在墙根，广场变成一整块透明的蓝绿宝石，艳光四射，照亮被它挖去的半个天空。而现在是正午，城市很脏，人群在兴奋地忙碌。雪白手套的侍者原来只是穿着脏污白衬衫的售楼小厮，正追逐着一群老外，声嘶力竭地游说；金色花冠的玫瑰仕女马上就要被夕阳摘走所有的免费装饰，瞬间还原成可怜的卖花少女。她的嘴唇在歙动，哭声却被辽阔的阴影吞噬。一个浪荡的气球飞过来，有人大声催促着什么。我走上前，想买下那些枯萎廉价的花瓣，突然发现四周扑来敌意的目光，我抬起头，往眼里填充好阳光般的善变和冷漠。

窗子以外

林徽因

话从哪里说起？等到你要说话，什么话都是那样渺茫地找不到个源头。

此刻，就在我眼帘底下坐着是四个乡下人的背影：一个头上包着黯黑的白布，两个褪色的蓝布，又一个光头。他们支起膝盖，半蹲半坐的，在溪沿的短墙上休息。每人手里一件简单的东西：一个是白木棒，一个篮子，那两个在树荫底下我看不清楚。无疑地他们已经走了许多路，再过一刻，抽完一筒旱烟以后，是还要走许多路的。兰花烟的香味频频随着微风，袭到我官觉上来，模糊中还有几段山西梆子的声调，虽然他们坐的地方是在我廊子的铁纱窗以外。

铁纱窗以外，话可不就在这里了。永远是窗子以外，不是铁纱窗就是玻璃窗，总而言之，窗子以外！

所有的活动的颜色、声音、生的滋味，全在那里的，你并不是不能看到，只不过是永远地在你窗子以外罢了。多少百里的平原土地，多少区域的起伏的山峦，昨天由窗子外映进你的眼帘，那是多少生命日夜在活动着的所在；每一根青的什么麦黍，都有人流过汗；每一粒黄的什么米粟，都有人吃去；其间还有的是周折，是热闹，是紧张！可是你则并不一定能看见，因为那所有的周折，热闹，紧张，全都在你窗子以外展演着。

在家里罢，你坐在书房里，窗子以外的景物本就有限。那里两树马缨，几棵丁香；榆叶梅横出疯权的一大枝；海棠因为缺乏阳光，每年只开个两三朵——叶子上满是虫蚁吃的创痕，还卷着一点焦黄的边；廊子幽秀地开着扇子式，六边形的格子窗，透过外院的日光，外院的杂音。什么送煤的来了，偶然你看到一个两个被煤炭染成黔黑的脸；什么米送到了，一个人捎着一大口袋在背上，慢慢踱过屏门；还有自来水、电灯、电话公司来收账的，胸口斜挂着皮口袋，手里推着一辆自行车；更有时厨子来个朋友了，满脸的笑容，"好呀，好呀，"地走进门房；什么赵妈的丈夫来拿钱了，那是每月一号一点都不差的，早来了你就听到两个人唧唧哝哝争吵的声浪。那里不是没有颜色、声音、生的一切活动，只是他们和你总隔个窗子，——扇子式的，六边形的，纱的，玻璃的！

你气闷了把笔一搁说，这叫作什么生活！你站起来，穿上不能算太贵的鞋袜，但这双鞋和袜的价钱也就比——想它做什么，反正有人每月的工资，一定只有这价钱的一半乃至于更少。你出去雇洋车了，拉车的嘴里所讨的价钱当然是要比例价高得多，难道你就傻子似的答应下来？不，不，三十二子，拉就拉，不拉，拉倒！心里也明白，如果真要充内行，你就该说，二十六子，拉就拉，但是你好意思争！

车开始辗动了，世界仍然在你窗子以外。长长的一条胡同，一个个大门紧紧地关着。就是有开的，那也只是露出一角，隐约可以看到里面有南瓜棚子，底下一个女的，坐在小凳上缝缝做做的；另一个，抓住还不能走路的小孩子，伸出头来喊那过路卖白菜的。至于白菜是多少钱一斤，那你是听不见了，车子早已拉得老远，并且你也无需乎知道的。在你每月费用之中，伙食是一定占去若干的。在那一笔伙食费里，白菜又是多么小的一个数。难道你知道了门口卖的白菜多少钱一斤，你真把你哭丧着脸的厨子叫来申斥一顿，告诉他每一斤白菜他多开了你一个"大子儿"？

车越走越远了，前面正碰着粪车，立刻你拿出手绢来，皱着眉，把鼻子蒙得紧紧地，心里不知怨谁好。怨天做的事太古怪，好好的美丽的稻麦却需要粪来浇！怨乡下人太不怕臭，不怕脏，发明那么两个篮子，放在鼻前手车上，推着慢慢走！你怨市里行政人员不认真办事，如此脏臭不卫生的旧习不能改良，十余年来对这粪车难道真无办法？为着强烈的臭气隔着你窗子还不够远，因此你想到社会卫生事业如何还办不好。

路渐渐好起来，前面墙高高的是个大衙门。这里你简直不止隔个窗子，这一带高高的墙是不通风的。你不懂里面有多少办事员，办的都是什么事；多少浓眉大眼的，对着乡下人做买卖的吃喝诈取；多少个又是脸黄黄的可怜虫，混半碗饭分给一家子吃。自欺欺人，里面天天演的到底是什么把戏？但是如果里面真有两三个人拼了命在那里奋斗，为许多人争一点便利和公道，你也无从知道！

到了热闹的大街了，你仍然像在特别包厢里看戏一样，本身不会，也不必参加那出戏；倚在栏杆上，你在审美的领略，你有的是一片闲暇。但是如果这里洋车夫问你在哪里下来，你会吃一惊，仓卒不知所答，生活所最必需的你并不缺乏什么，你这出来就也是不必需的活动。

偶一抬头，看到街心和对街铺子前面那些人，他们都是急急忙忙地，在时间金钱的限制下采办他们生活所必需的。两个女人手忙脚乱地在监督着店里的伙计称秤。二斤四两，二斤四两的什么东西，且不必去管，反正由那两个女人的认真的神气上面看去，必是非同小可，性命交关的货物。并且如果称得少一点时，那两个女人为那点吃亏的分量必定感到重大的痛苦；如果称得多时，那伙计又知道这年头那损失在东家方面真不能算小。于是那两边的争持是热烈的，必须的，大家声音都高一点；女人脸上呈块红色，头发披下了一缕，又用手抓上去；伙计则维持着客气，口里嚷着：错不了，错不了！

热烈的，必须的，在车马纷纭的街心里，忽然由你车边冲出来两个人；男的，女的，各各提起两脚快跑。这又是干什么的，你心想，电车正在拐大弯。那两个原就追着电车，由轨道旁边擦过去，一边追着，一边向电车上卖票的说话。电车是不容易赶的，你在洋车上真不禁替那街心里奔走赶车的担心。但是你也知道如果这趟没赶上，他们就可以在街旁站个半点来钟，那些宁可望穿秋水不雇洋车的人，也就是因为他们的生活而必须计较和节省到洋车同电车价钱上那相差的数目。

此刻洋车跑得很快，你心里继续着疑问你出来的目的，到底采办一些什么必需的货物。眼看着男男女女挤在市场里面，门首出来一个进去一个，手里都是持着包包裹裹，里边虽然不会全是他们当日所必需的，但是如果当中夹着一盒稍微奢侈的物品，则亦必是他们生活中间闪着亮光的一个愉快！你不是听见那人说么？里面草帽，一块八毛五，贵倒贵点，可是"真不赖"！他提一提帽盒向着打招呼的朋友，他摸一摸他那剃得光整的脑袋，微笑充满了他全个脸。那时那一点迸射着光闪的愉快，当然的归属于他享受，没有一点疑问，因为天知道，这一年中他多少次地克己省俭，使他赚来这一次美满的，大胆的奢侈！

那点子奢侈在那人身上所发生的喜悦，在你身上却完全失掉作用，没有闪一星星亮光的希望！你想，整年整月你所花费的，和你那窗子以外的周围生活程度一比较，严格算来，可不都是非常靡费的用途？每奢侈一次，你心上只有多难过一次，所以车子经过的那些玻璃窗口，只有使你更惶恐，更空洞，更怀疑，前后彷徨不着边际。并且看了店里那些形形色色的货物，除非你真是傻子，难道不晓得它们多半是由哪一国工厂里制造出来的！奢侈是不能给你愉快的，它只有要加增你的戒惧烦恼。每一尺好看点的纱料，每一件新鲜点的工艺品！

你诅咒着城市生活，不自然的城市生活！检点行装说，走了，走了，这沉闷没有生气的生活，实在受不了，我要换个样子过活去。健康的旅行既可以看看山水古刹的名胜，又可以知道点内地淳朴的人情风俗。走了，走了，天气还不算太坏，就是走他一个月六礼拜也是值得的。

没想到不管你走到哪里，你永远免不了坐在窗子以内的。不错，许多时髦的学者常常骄傲地带上"考察"的神气，架上科学的眼镜，偶然走到哪里一个陌生的地方瞭望，但那无形中的窗子是仍然存在的。不信，你检查他们的行李，有谁不带着罐头食品，帆布床，以及别的证明你还在你窗子以内的种种零星用品，你再摸一摸他们的皮包，那里短不了有些钞票；一到一个地方，你有的是一个提梁的小小世界。不管你的窗子朝向哪里望，所看到的多半则仍是在你窗子以外，隔层玻璃，或是铁纱！隐隐约约你看到一些颜色，听到一些声音，如果你私下满足了，那也没有什么，只是千万别高兴起说什么接触了，认识了若干事物人情，天知道那是罪过！洋鬼子们的一些浅薄，千万学不得。

你是仍然坐在窗子以内的，不是火车的窗子，汽车的窗子，就是客栈逆旅的窗子，再不然就是你自己无形中习惯的窗子，把你搁在里面。接触和认识实在谈不到，得天独厚的闲暇生活先不容你。一样是旅行，如果你背上揹的不是照相机而是一点做买卖的小血本，你就需要全副的精神来走路：你得留神投宿的地方；你得计算一路上每吃一次烧饼和几颗沙果的钱；遇着同行的战战兢兢地打招呼，互相捧出诚意，遇着困难时好互相关照帮忙，到了一个地方你是真带着整个血肉的身体到处碰运气，紧张的境遇不容你不奋斗，不与其他奋斗的血和肉的接触，直到经验使得你认识。

前日公共汽车里一列辛苦的脸，那些谈话，里面就有很多生活的分量。陕西过来做生意的老头和那旁坐的一股客气，是不得已的；由交城下车的客人执着红粉包纸烟递到汽车行管事手里也是有多少理由的，穿棉背心的老太婆默默地挟住一个蓝布包袱，一个钱包，是在用尽她的全副本领的，果然到了冀村，她错过站头，还亏别个客人替她要求车夫，将汽车退行两里路，她还不大相信地望着那村站，口里噜苏着这地方和上次如何两样了。开车的一面发牢骚一面爬到车顶替老太婆拿行李，经验使得他有一种涵养，行旅中少不了有认不得路的老太太，这个道理全世界是一样的，伦敦警察之所以特别和蔼，也是从迷路的老太太孩子们身上得来的。

　　话说了这许多，你仍然在廊子底下坐着，窗外送来溪流的喧响，兰花烟气味早已消失，四个乡下人这时候当已到了上流"庆和义"磨坊前面。昨天那里磨坊的伙计很好笑的满脸挂着面粉，让你看着磨坊的构造；坊下的木轮，屋里旋转着的石碾，又在高低的院落里，来回看你所不经见的农具在日影下列着。院中一棵老槐、一丛鲜艳的杂花、一条曲曲折折引水的沟渠，伙计和气地说闲话。他用着山西口音，告诉你，那里一年可出五千多包的面粉，每包的价钱约略两块多钱。又说这十几年来，这一带因为山水忽然少了，磨坊关闭了多少家，外国人都把那些磨坊租去做他们避暑的别墅。惭愧的你说，你就是住在一个磨坊里面，他脸上堆起微笑，让面粉一星星在日光下映着，说认得认得，原来你所租的磨坊主人，一个外国牧师，待这村子极和气，乡下人和他还都有好感情。

　　这真是难得了，并且好感的由来还有实证。就是那一天早上你无意中出去探古寻胜，这一省山明水秀，古刹寺院，动不动就是宋辽的原物，走到山上一个小村的关帝庙里，看到一个铁铎，刻着万历年号，原来是万历赐这村里庆成王的后人的，不知怎样流落到卖古董的手里。七年前让这牧师买去，晚上打着玩，嘹亮的钟声被村人听到，急忙赶来打听，要凑原价买回，情辞恳切。说起这是他们吕姓的祖传宝物，决不能让它流落出境，这牧师于是真个把铁铎还了他们，从此便在关帝庙神前供着。

　　这样一来你的窗子前面便展开了一张浪漫的图画，打动了你的好奇，管它是隔一层或两层窗子，你也忍不住要打听点底细，怎么明庆成王的后人会姓吕！这下子文章便长了。如果你的祖宗是皇帝的嫡亲弟弟，你是不会，也不愿，忘掉的。据说庆成王是永乐的弟弟，这赵庄村里的人都是他的后代。不过就是因为他们记得太清楚了，另一朝的皇帝都有些老大不放心，雍正间诏命他们改姓，由姓朱改为姓吕，但是他们还有用二十字排行的方法，使得他们不会弄错他们是这一脉子孙。

这样一来你就有点心跳了，昨天你雇来那打水洗衣服的不也是赵庄村来的，并且还姓吕！果然那土头土脑圆脸大眼的少年是个皇裔贵族，真是有失尊敬了。那么这村子一定穷不了，但事实上则不见得。

田亩一片，年年收成也不坏。家家户户门口有特种围墙，像个小小堡垒——当时防匪用的。屋子里面有大漆衣柜衣箱，柜门上白铜擦得亮亮；炕上棉被红红绿绿也颇鲜艳。可是据说关帝庙里已有四年没有唱戏了，虽然戏台还高巍巍地对着正殿。村子这几年穷了，有一位王孙告诉你，唱戏太花钱，尤其是上边使钱。这里到底是隔个窗子，你不懂了，一样年年好收成，为什么这几年村子穷了，只模模糊糊听到什么军队驻了三年多等，更不懂是，村子上一年辛苦后的娱乐，关帝庙里唱唱戏，得上面使钱？既然隔个窗子听不明白，你就通气点别尽管问了。

隔着一个窗子你还想明白多少事？昨天雇来吕姓倒水，今天又学洋鬼子东逛西逛，跑到下面养着鸡羊，上面挂有武魁匾额的人家，让他们用你不懂得的乡音招呼你吃菜，炕上坐，坐了半天出到门口，和那送客的女人周旋客气了一回，才恍然大悟，她就是替你倒脏水洗衣裳的吕姓王孙的妈，前晚上还送饼到你家来过！这里你迷糊了。算了算了！你简直老老实实地坐在你窗子里得了，窗子以外的事，你看了多少也是枉然，大半你是不明白，也不会明白的。

蛛丝和梅花

林徽因

真真地就是那么两根蛛丝,由门框边轻轻地牵到一枝梅花上。就是那么两根细丝,迎着太阳光发亮……再多了,那还像样么。一个摩登家庭如何能容蛛网在光天白日里作怪,管它有多美丽,多玄妙,多细致,够你对着它联想到一切自然、造物的神工和不可思议处;这两根丝本来就该使人脸红,且在冬天够多特别!可是亮亮的,细细的,倒有点像银,也有点像玻璃制的细丝,委实不算讨厌,尤其是它们那么潇脱风雅,偏偏那样有意无意地斜着搭在梅花的枝梢上。

你向着那丝看,冬天的太阳照满了屋内,窗明几净,每朵含苞的,开透的,半开的梅花在那里挺秀吐香,情绪不禁迷茫缥缈地充溢心胸,在那刹那的时间中振荡。同蛛丝一样的细弱和不必需,思想开始抛引出去:由过去牵到将来,意识的,非意识的,由门框梅花牵出宇宙,浮云沧波踪迹不定。是人性,艺术,还是哲学,你也无暇计较,你不能制止你情绪的充溢,思想的驰骋,蛛丝梅花竟然是瞬息可以千里!

好比你是蜘蛛,你的周围也有你自织的蛛网,细致地牵引着天地,不怕多少次风雨来吹断它，你不会停止了这生命上基本的活动。此刻……一枝斜好，幽香不知甚处…… 拿梅花来说吧，一串串丹红的结蕊缀在秀劲的傲骨上，最可爱，最可赏，等半绽将开地错落在老枝上时，你便会心跳！梅花最怕开；开了便没话说。索性残了，沁香拂散同夜里炉火都能成了一种温存的凄清。

记起了，也就是说到梅花、玉兰。初是有个朋友说起初恋时玉兰刚开完，天气每天的暖，住在湖旁，每夜跑到湖边林子里走路，又静坐幽僻石上看隔岸灯火，感到好像仅有如此虔诚地孤对一片泓碧寒星远市，才能把心里情绪抓紧了，放在最可靠最纯净的一撮思想里，始不至亵渎了或是惊着那"痌瘝思服"的人儿。那是极年轻的男子初恋的情景，——对象渺茫高远，反而近求"自我的"郁结深浅——他问起少女的情绪。

就在这里，忽记起梅花。一枝两枝，老枝细枝，横着，虬着，描着影子，喷着细香；太阳淡淡金色地铺在地板上；四壁琳琅，书架上的书和书签都像在发出言语；墙上小对联记不得是谁的集句；中条是东坡的诗。你敛住气，简直不敢喘息，踮起脚，细小的身形嵌在书房中间，看残照当窗，花影摇曳，你像失落了什么，有点迷惘。又像"怪东风着意相寻"，有点儿没主意！浪漫，极端的浪漫。"飞花满地谁为扫"你问，情绪风似的吹动，卷过，停留在惜花上面。再回头看看，花依旧嫣然不语。"如此娉婷，谁人解看花意"，你更沉默，几乎热情地感到花的寂寞，开始怜花，把同情统统诗意地交给了花心！

这不是初恋，是未恋，正自觉"解看花意"的时代。情绪的不同，不止是男子和女子有分别，东方和西方也甚有差异。情绪即使根本相同，情绪的象征，情绪所寄托，所栖止的事物却常常不同。水和星子同西方情绪的联系，早就成了习惯。一颗星子在蓝天里闪，一流冷涧倾泻一片幽愁的平静，便激起他们诗情的波涌，心里甜蜜地，热情地便唱着由那些鹅羽的笔锋散下来的"她的眼如同星子在暮天里闪",或是"明丽如同单独的那颗星,照着晚来的天",或"多少次了,在一流碧水旁边,忧愁倚下她低垂的脸"。

惜花,解花太东方,亲昵自然,含着人性的细致是东方传统的情绪。

此外年龄还有尺寸,一样是愁,却跃跃似喜,十六岁时的,微风零乱,不颓废,不空虚,踮着理想的脚充满希望,东方和西方却一样。人老了脉脉烟雨,愁吟或牢骚多折损诗的活泼。大家如香山,稼轩、东坡、放翁的白发华发,很少不梗在诗里,至少是令人不快。话说远了,刚说是惜花,东方老少都免不了这嗜好,这倒不论老的雪鬓曳杖,深闺里也就攒眉千度。

最叫人惜的花是海棠一类的"春红",那样娇嫩明艳,开过了残红满地,太招惹同情和伤感。但在西方即使也有我们同样的花,也还缺乏我们的廊庑庭院。有了"庭院深深深几许"才有一种庭院里特有的情绪。如果李易安的"斜风细雨"底下不是"重门须闭"也就不"萧条"得那样深沉可爱;李后主的"终日谁来"也一样的别有寂寞滋味。看花更须庭院,深深锁在里面认识,不时还得有轩窗栏杆,给你一点凭借,虽然也用不着十二栏杆倚遍,那么慵弱无聊。

当然旧诗里伤愁太多:一首诗竟像一张美的证券,可以照着市价去兑现!所以庭花,乱红,黄昏,寂寞太滥,诗常失却诚实。西洋诗,恋爱总站在前头,或是"忘掉",或是"记起",月是为爱,花也是为爱,只使全是真情,也未尝不太腻味。就以两边好的来讲。拿他们的月光同我们的月色比,似乎是月色滋味深长得多。花更不用说了;我们的花"不是预备采下缀成花球,或花冠献给恋人的",却是一树一树绰约的、个性的,自己立在情人的地位上接受恋歌的。

所以未恋时的对象最自然的是花，不是因为花而起的感慨，——十六岁时无所谓感慨，——仅是刚说过的自觉解花的情绪，寄托在那清丽无语的上边，你心折它绝韵孤高，你为花动了感情，实说你同花恋爱，也未尝不可，——那惊讶狂喜也不减于初恋。还有那凝望，那沉思……

一根蛛丝！记忆也同一根蛛丝，搭在梅花上就由梅花枝上牵引出去，虽未织成密网，这诗意的前后，也就是相隔十几年的情绪的联络。

午后的阳光仍然斜照，庭院阒然，离离疏影，房里窗棂和梅花依然伴和成为图案，两根蛛丝在冬天还可以算为奇迹，你望着它看，真有点像银，也有点像玻璃，偏偏那么斜挂在梅花的枝梢上。

养 花

老舍

我爱花，所以也爱养花。我可还没成为养花专家，因为没有工夫去作研究与试验。我只把养花当作生活中的一种乐趣，花开得大小好坏都不计较，只要开花，我就高兴。在我的小院中，到夏天，满是花草，小猫儿们只好上房去玩耍，地上没有它们的运动场。

花虽多，但无奇花异草。珍贵的花草不易养活，看着一棵好花生病欲死是件难过的事。我不愿时时落泪。北京的气候，对养花来说，不算很好。冬天冷，春天多风，夏天不是干旱就是大雨倾盆；秋天最好，可是忽然会闹霜冻。在这种气候里，想把南方的好花养活，我还没有那么大的本事。因此，我只养些好种易活、自己会奋斗的花草。

不过，尽管花草自己会奋斗，我若置之不理，任其自生自灭，它们多数还是会死了的。我得天天照管它们，像好朋友似的关切它们。一来二去，我摸着一些门道：有的喜阴，就别放在太阳地里，有的喜干，就别多浇水。这是个乐趣，摸住门道，花草养活了，而且三年五载老活着、开花，多么有意思呀！不是乱吹，这就是知识呀！多得些知识，一定不是坏事。

我不是有腿病吗，不但不利于行，也不利于久坐。我不知道花草们受我的照顾，感谢我不感谢；我可得感谢它们。在我工作的时候，我总是写了几十个字，就到院中去看看，浇浇这棵，搬搬那盆，然后回到屋中再写一点，然后再出去，如此循环，把脑力劳动与体力劳动结合到一起，有益身心，胜于吃药。要是赶上狂风暴雨或天气突变哪，就得全家动员，抢救花草，十分紧张。几百盆花，都要很快地抢到屋里去，使人腰酸腿疼，热汗直流。第二天，天气好转，又得把花儿都搬出去，就又一次腰酸腿疼，热汗直流。可是，这多么有意思呀！不劳动，连棵花儿也养不活，这难道不是真理么？

送牛奶的同志，进门就夸"好香"！这使我们全家都感到骄傲。赶到昙花开放的时候，约几位朋友来看看，更有秉烛夜游的神气——昙花总在夜里放蕊。花儿分根了，一棵分为数棵，就赠给朋友们一些；看着友人拿走自己的劳动果实，心里自然特别喜欢。

当然，也有伤心的时候，今年夏天就有这么一回。三百株菊秧还在地上（没到移入盆中的时候），下了暴雨。邻家的墙倒了下来，菊秧被砸死者约三十多种，一百多棵！全家都几天没有笑容！

有喜有忧，有笑有泪，有花有实，有香有色，既须劳动，又长见识，这就是养花的乐趣。

文物·旧书·毛笔

朱自清

这几个月，北平的报纸上除了战事、杀人案、教育危机等等消息以外，旧书的危机也是一个热闹的新闻题目。此外，北平的文物，主要的是古建筑，一向受人重视，政府设了一个北平文物整理委员会，并且拨过几回不算少的款项来修理这些文物。二月初，这个委员会还开了一次会议，决定为适应北平这个陪都的百年大计，请求政府"核发本年上半年经费"，并"加强管理使用文物建筑，以维护古迹"。至于毛笔，多少年前教育部就规定学生作国文以及用国文回答考试题目，都得用毛笔。但是事实上学生用毛笔的时候很少，尤其是在大都市里。这个问题现在似乎还是悬案。在笔者看来，文物、旧书、毛笔，正是一套，都是些遗产、历史、旧文化。主张保存这些东西的人，不免都带些"思古之幽情"，一方面更不免多多少少有些"保存国粹"的意思。"保存国粹"现在好像已成了一句坏话，等于"抱残守阙"，"食古不化"，"迷恋骸骨"，"让死的拉住活的"。笔者也知道今天主张保存这些旧东西的人大多数是些五四时代的人物，不至于再有这种顽固的思想，并且笔者自己也多多少少分有他们的情感，自问也还不至于顽固到那地步。不过细心分析这种主张的理由，除了"思古之幽情"以外，似乎还只能说是"保存国粹"；因为这些东西是我们先民的优良的成绩，所以才值得保存，也才会引起我们的思念。我们跟老辈不同的，应该是保存只是保存而止，让这些东西像化石一样，不再妄想它们复活起来。应该过去的总是要过去的，我们明白这个道理。

关于拨用巨款修理和油漆北平的古建筑，有一家报纸上曾经有过微词，好像说在这个战乱和饥饿的时代，不该忙着办这些事来粉饰太平。本来呢，若是真太平的话，这一番修饰也许还可以招揽些外国游客，得些外汇来使用。现在这年头，那辉煌的景象却只是战乱和饥饿的现实的一个强烈的对比，强烈的讽刺，的确叫人有些触目惊心。这自然是功利的看法，可是这年头无衣无食的人太多了，功利的看法也是自然的。不过话说回来，现在公家用钱，并没有什么通盘的计划，这笔钱不用在这儿，大概也不会用在那些无衣无食的人的身上，并且也许还会用在一些不相干的事上去。那么，用来保存古物就也还不算坏。若是真能通盘计划，分别轻重，这种事大概是该缓办的。笔者虽然也赞成保存古物，却并无抢救的意思。照道理衣食足再来保存古物不算晚；万一晚了也只好遗憾，衣食总是根本。笔者不同意过分地强调保存古物，过分地强调北平这个文化城，但是"加强管理使用文物建筑，以维护古迹"，并不用多花钱，却是对的。

旧书的危机指的是木版书，特别是大部头的。一年来旧书业大不景气。有些铺子将大部头的木版书论斤地卖出去造还魂纸。这自然很可惜，并且有点儿惨。因此有些读书人出来呼吁抢救。现在教育部已经拨了十亿元收买这种旧书，抢救已经开始，自然很好。但是笔者要指出旧书的危机潜伏已经很久，并非突如其来。清末就通行石印本的古书，携带便利，价钱公道。这实在是旧书的危机的开始。但是当时石印本是不登大雅之堂的；说是错字多，固然，主要的还在缺少那古色古香。因此大人先生不屑照顾。不过究竟公道，便利，又不占书架的地位，一般读书人，尤其青年，却是乐意买的。民国以来又有了影印本，大部头的如《四部丛刊》，底本差不多都是善本，影印不至于有错字，也不缺少古色古香。这个影响旧书的买卖就更大。后来《四部丛刊》又有缩印本，古气虽然较少，便利却又加多。还有排印本的古书，如《四部备要》、《万有文库》等，也是方便公道。又如《国学基本丛书》，照有些石印本办法，书中点了句，方便更大。抗战前又有所谓"一折八扣书"，排印的错误并不太多，极便宜，大量流通，青年学生照顾的不少。比照抗战期中的土纸本，这种一折八扣书现在已经成了好版了。现在的青年学生往往宁愿要这种排印本，不要木刻本；他们要方便，不在乎那古色古香。买大部书的人既然可以买影印本或排印本，买单部书的人更多乐意买排印本或石印本，技术的革新就注定了旧书的没落的运命！将来显微影片本的书发达了，现在的影印本排印本大概也会没落的罢？

至于毛笔，命运似乎更坏。跟"水笔"相比，它的不便更其显然。用毛笔就得用砚台和墨，至少得用墨盒或墨船（上海有这东西，形如小船，不知叫什么名字，用墨膏，装在牙膏似的筒子里，用时挤出），总不如水笔方便，又不能将笔挂在襟上或插在袋里。更重要的，毛笔写字比水笔慢得多，这是毛笔的致命伤。说到价钱，毛笔连上附属品，再算上用的时期的短，并不见得比水笔便宜好多。好的舶来水笔自然很贵，但是好的毛笔也不贱，最近有人在北平戴月轩就看到定价一千多万元的笔。自然，水笔需要外汇，就是本国做的，材料也得从外国买来，毛笔却是国产；但是我们得努力让水笔也变成国产才好。至于过去教育部规定学生用毛笔，似乎只着眼在"保存国粹"或"本位文化"上；学生可并不理会这一套，用水笔的反而越来越多。现代生活需要水笔，势有必至，理有固然，"本位文化"的空名字是抵挡不住的。毛笔应该保存，让少数的书画家去保存就够了，勉强大家都来用，是行不通的。至于现在学生写的字不好，那是没有认真训练的原故，跟不用毛笔无关。学生的字，清楚整齐就算好，用水笔和毛笔都一样。

学生不爱讲究写字，也不爱读古文古书——虽然有购买排印本古书的，可是并不太多。他们的功课多，事情忙，不能够领略书法的艺术，甚至连写字的作用都忽略了，只图快，写得不清不楚的叫人认不真。古文古书因为文字难，不好懂，他们也觉着不值得费那么多功夫去读。根本上还是由于他们已经不重视历史和旧文化。这也是必经的过程，我们无须惊叹。不过我们得让青年人写字做到清楚整齐的地步，满足写字的基本作用，一方面得努力好好地编出些言文对照详细注解的古书，让青年人读。历史和旧文化，我们应该批判地接受，作为创造新文化的素材的一部，一笔抹煞是不对的。其实青年人也并非真的一笔抹煞古文古书，只看《古文观止》已经有了八种言文对照本，《唐诗三百首》已经有了三种（虽然只各有一种比较好），就知道这种书的需要还是很大——而买主大概还是青年人多。所以我们应该知道努力的方向。至于书法的艺术和古文古书的专门研究，留给有兴趣的少数人好了，这种人大学或独立学院里是应该培养的。

连带着想到了国画和平剧的改良，这两种工作现在都有人在努力。日前一位青年同事和我谈到这两个问题，他觉得国画和平剧都已经有了充分的发展，成了定型，用不着改良，也无从改良；勉强去改良，恐怕只会出现一些不今不古不新不旧的东西，结果未必良好。他觉得民间艺术本来幼稚，没有得着发展，我们倒也许可以促进它们的发展；像国画和平剧已经到了最高峰，是该下降，该过去的时候了，拉着它们恐怕是终于吃力不讨好的。照笔者的意见，我们的新文化新艺术的创造，得批判地采取旧文化旧艺术，士大夫的和民间的都用得着，外国的也用得着，但是得以这个时代和这个国家为主。改良恐怕不免让旧时代拉着，走不远，也许压根儿走不动也未可知。还是另起炉灶的好，旧料却可以选择了用。

应该过去的总是要过去的。

猫

郑振铎

　　我家养了好几次猫，结局总是失踪或死亡。三妹是最喜欢猫的，她常在课后回家时，逗着猫玩。有一次，从隔壁要了一只新生的猫来。花白的毛，很活泼，常如带着泥土的白雪球似的，在廊前太阳光里滚来滚去。三妹常常的，取了一条红带，或一根绳子，在它面前来回地拖摇着，它便扑过来抢，又扑过去抢。我坐在藤椅上看着他们，可以微笑着消耗过一二小时的光阴，那时太阳光暖暖地照着，心上感着生命的新鲜与快乐。后来这只猫不知怎地忽然消瘦了，也不肯吃东西，光泽的毛也污涩了，终日躺在厅上的椅下，不肯出来。三妹想着种种方法逗它，它都不理会。我们都很替它忧郁。三妹特地买了一个很小很小的铜铃，用红绫带穿了，挂在它颈下，但只显得不相称，它只是毫无生意的，懒惰的，郁闷的躺着。有一天中午，我从编译所回来，三妹很难过的说道："哥哥，小猫死了！"

　　我心里也感着一缕的酸辛，可怜这两月来相伴的小侣！当时只得安慰着三妹道："不要紧，我再向别处要一只来给你。"

　　隔了几天，二妹从虹口舅舅家里回来，她道，舅舅那里有三四只小猫，很有趣，正要送给人家。三妹便怂恿着她去拿一只来。礼拜天，母亲回来了，却带了一只浑身黄色的小猫同来。立刻三妹一部分的注意，又被这只黄色小猫吸引去了。这只小猫较第一只更有趣、更活泼。它在园中乱跑，又会爬树，有时蝴蝶安详地飞过时，它也会扑过去捉。它似乎太活泼了，一点也不怕生人，有时由树上跃到墙上，又跑到街上，在那里晒太阳。我们都很为它提心吊胆，一天都要"小猫呢？小猫呢？"查问得好几次。每次总要寻找了一回，方才寻到。三妹常指它笑着骂道："你这小猫呀，要被乞丐捉去后才不会乱跑呢！"我回家吃中饭，总看见它坐在铁门外边，一见我进门，便飞也似地跑进去了。饭后的娱乐，是看它在爬树。隐身在阳光隐约里的绿叶中，好像在等待着要捕捉什么似的。把它抱了下来。一放手，又极快地爬上去了。过了二三个月，它会捉鼠了。有一次，居然捉到一只很肥大的鼠，自此，夜间便不再听见讨厌的吱吱的声了。

某一日清晨，我起床来，披了衣下楼，没有看见小猫，在小园里找了一遍，也不见。心里便有些亡失的预警。

"三妹，小猫呢？"
她慌忙地跑下楼来，答道："我刚才也寻了一遍，没有看见。"
家里的人都忙乱的在寻找，但终于不见。
李嫂道："我一早起来开门，还见它在厅上。烧饭时，才不见了它。"

大家都不高兴，好像亡失了一个亲爱的同伴，连向来不大喜欢它的张婶也说："可惜，可惜，这样好的一只小猫。"

我心里还有一线希望，以为它偶然跑到远处去，也许会认得归途的。

午饭时，张婶诉说道："刚才遇到隔壁周家的丫头，她说，早上看见我家的小猫在门外，被一个过路的人捉去了。"

于是这个亡失证实了。三妹很不高兴的，咕噜着道："他们看见了，为什么不出来阻止？他们明晓得它是我家的！"

我也怅然的，愤恨的，在诅骂着那个不知名的夺去我们所爱的东西的人。

自此，我家好久不养猫。

冬天的早晨，门口蜷伏着一只很可怜的小猫。毛色是花白，但并不好看，又很瘦。它伏着不去。我们如不取来留养，至少也要为冬寒与饥饿所杀。张婶把它拾了进来，每天给它饭吃。但大家都不大喜欢它，它不活泼，也不像别的小猫之喜欢顽游，好像是具着天生的忧郁性似的，连三妹那样爱猫的，对于它也不加注意。如此的，过了几个月，它在我家仍是一只若有若无的动物。它渐渐地肥胖了，但仍不活泼。大家在廊前晒太阳闲谈着时，它也常来蜷伏在母亲或三妹的足下。三妹有时也逗着它玩，但没有对于前几只小猫那样感兴趣。有一天，它因夜里冷，钻到火炉底下去，毛被烧脱好几块，更觉得难看了。

春天来了，它成了一只壮猫了，却仍不改它的忧郁性，也不去捉鼠，终日懒惰地伏着，吃得胖胖的。

这时，妻买了一对黄色的芙蓉鸟来，挂在廊前，叫得很好听。妻常常叮嘱着张婶换水，加鸟粮，洗刷笼子。那只花白猫对于这一对黄鸟，似乎也特别注意，常常跳在桌上，对鸟笼凝望着。

妻道："张妈，留心猫，它会吃鸟呢。"

张妈便跑来把猫捉了去。隔一会，它又跳上桌子对鸟笼凝望着了。

一天，我下楼时，听见张妈在叫道："鸟死了一只，一条腿被咬去了，笼板上都是血。是什么东西把它咬死的？"

我匆匆跑下去看，果然一只鸟是死了，羽毛松散着，好像它曾与它的敌人挣扎了许久。

我很愤怒，叫道："一定是猫，一定是猫！"于是立刻便去找它。

妻听见了，也匆匆地跑下来，看了死鸟，很难过，便道："不是这猫咬死的还有谁？它常常对鸟笼望着，我早就叫张妈要小心了。张妈！你为什么不小心？"

张妈默默无言，不能有什么话来辩护。

于是猫的罪状证实了。大家都去找这可厌的猫，想给它以一顿惩戒。找了半天，却没找到。我以为它真是"畏罪潜逃"了。

三妹在楼上叫道："猫在这里了。"

它躺在露台板上晒太阳，态度很安详，嘴里好像还在吃着什么。我想，它一定是在吃着这可怜的鸟的腿了，一时怒气冲天，拿起楼门旁倚着的一根木棒，追过去打了一下。它很悲楚地叫了一声"咪呜！"便逃到屋瓦上了。

我心里还愤愤的，以为惩戒得还没有快意。

隔了几天，李嫂在楼下叫道："猫，猫？又来吃鸟了。"同时我看见一只黑猫飞快地逃过露台，嘴里衔着一只黄鸟。我开始觉得我是错了！

我心里十分的难过，真的，我的良心受伤了，我没有判断明白，便妄下断语，冤苦了一只不能说话辩诉的动物。想到它的无抵抗的逃避，益使我感到我的暴怒，我的虐待，都是针，刺我的良心的针！

我很想补救我的过失，但它是不能说话的，我将怎样地对它表白我的误解呢？

两个月后，我们的猫忽然死在邻家的屋脊上。我对于它的亡失，比以前的两只猫的亡失，更难过得多。

我永无改正我的过失的机会了！

自此，我家永不养猫。

宴之趣

郑振铎

虽然是冬天，天气却并不怎么冷，雨点淅淅沥沥地滴个不已，灰色云是弥漫着；火炉的火是熄下了，在这样的秋天似的天气中，生了火炉未免是过于燠暖了。家里一个人也没有，他们都出外"应酬"去了。独自在这样的房里坐着，读书的兴趣也引不起，偶然地把早晨的日报翻着，翻着，看看它的广告，忽然想起去看 Merry Widow 吧。于是独自地上了电车，到帕克路跳下了。

在黑漆的影戏院中，乐队悠扬地奏着乐，白幕上的黑影，坐着，立着，追着，哭着，笑着，愁着，怒着，恋着，失望着，决斗着，那还不是那一套，他们写了又写，演了又演的那一套故事。

但至少，我是把一句话记住在心上了："有多少次，我是饿着肚子从晚餐席上跑开了。"

这是一句隽妙无比的名句；借来形容我们宴会无虚日的交际社会，真是很确切的。

每一个商人、每一个官僚，每一个略略交际广了些的人，差不多他们的每一个黄昏，都是消磨在酒楼菜馆之中的。有的时候，一个黄昏要赶着去赴三四处的宴会；这些忙碌的交际者真是妓女一样，在这里坐一坐；就走开了，又赶到另一个地方去了，在那一个地方又只略坐一坐，又赶到再一个地方去了。他们的肚子定是不会饱的，我想。有几个这样的交际者，当酒阑灯地，应酬完毕之后，定是回到家中，叫底下人烧了稀饭来填补空肠的。

我们在广漠繁华的上海，简直是一个村气十足的"乡下人"；我们住的是乡下，到"上海"去一趟是不容易的，我们过的是乡间的生活，一月中难得有几个黄昏是在"应酬"场中度过的。有许多人也许要说我们是"孤介"，那是很清高的一个名辞。但我们实在不是如此，我们不过是不惯征逐于酒肉之场，始终保持着不大见世面的"乡下人"的色彩而已。

"偶然的有几次，承一二个朋友的好意，邀请我们去赴宴。在座的至多只有三四个熟人，那一半生客，还要主人介绍或自己去请教尊姓大名，或交换名片，把应有的初见面的应酬的话讷讷地说完了之后，便默默地相对无言了。说的话都不是有着落，都不是从心里发出的；泛泛的，是几个音声，由喉咙头溜到口外的而已。过后自己想起那样的敷衍的对话，未免要为之失笑。如此的，说是一个黄昏在繁灯絮语之宴席上度过了，然而那是如何没有生趣的一个黄昏呀？

有几次，席上的生客太多了，除了主人之外，没有一个是认识的；请教了姓名之后，也随即忘记了。除了和主人说几句话之外，简直的无从和他们谈起。不晓得他们是什么行业，不晓得他们是什么性质的人，有话在口头也不敢随意地高谈起来。那一席宴，真是如坐针毡；精美的羹菜，一碗碗地捧上来，也不知是什么味儿。终于忍不住了，只好向主人撒一个谎，说身体不大好过，或说是还有应酬，一定要去的。——如果在谣言很多的这几天当然是更好托辞了，说我怕戒严提早，要被留在华界之外——虽然这是礼貌的，不大应该的，虽然主人是照例地殷勤地留着，然而我却不顾一切地不得不走了。这个黄昏实在是太难挨得过去了！回到家里以后，买了一碗稀饭，即使只有一小盏萝卜干下稀饭，反而觉得舒畅，有意味。

如果有什么友人做喜事，或寿事，在某某花园，某某旅社的大厅里，大张旗鼓地宴客，不幸我们是被邀请的，更不幸我们是太熟的友人，不能不到，也不能道完了喜或拜完了寿，立刻就托辞溜走的，于是这又是一个可怕的黄昏。常常地张大了两眼，在寻找熟人，好容易找到了，一定要紧紧地和他们挤在一起，不敢失散。到了坐席时，便至少有两三人在一块儿可以谈谈了，不至于一个人独自地局促在一群生面孔的人当中，惶恐而且空虚。当我们两三个人在津津地淡着自己的事时，偶然抬起眼来看着对面的一个坐客，他是凄然无侣地坐着；大家酒杯举了，他也举着；菜来了，一个人说："请，请，"同时把牙箸伸到盘边，他也说，"请，请，"也同样地把牙箸伸出。除了吃菜之外，他没有目的，菜完了，他便局促地独坐着。我们见了他，总要代他难过，然而他终于能够终了席方才起身离座。

宴会之趣味如果仅是这样的，那末，我们将咒诅那第一个发明请客的人；喝酒的趣味如果仅是这样的，那末，我们也将打倒杜康与狄奥尼修士了。

然而又有的宴会却幸而并不是这样的；我们也还有别的可以引起喝酒的趣味的环境。

独酌，据说，那是很有意思的。我少时，常见祖父一个人执了一把锡的酒壶，把黄色的酒倒在白磁小杯里，举了杯独酌着；喝了一小口，真正一小口，便放下了，又拿起筷子来夹菜。因此，他食得很慢，大家的饭碗和碗都已放下了，且已离座了，而他却还在举着酒杯，不匆不忙地喝着。他的吃饭，尚在再一个半点钟之后呢。而他喝着酒,颜微酡着,常常叫道:"孩子,来,"而我们便到了他的跟前。他夹了一块只有他独享着的菜蔬放在我们口中,问道"好吃么?"我们往往以点点头答之,在孙男与孙女中,他特别的喜欢我,叫我前去的时候尤多。常常的,他把有了短髻的嘴吻着我的面颊,徽徽有些刺痛,而他的酒气从他的口鼻中直喷出来。这是使我很难受的。

这样的,他消磨过了一个中午和一个黄昏。天天都是如此。我没有享受过这样的乐趣。然而回想起来,似乎他那时是非常的高兴,他是陶醉着,为快乐的雾所围着,似乎他的沉重的忧郁都从心上移开了,这里便是他的全个世界,而全个世界也便是他的。

别一个宴之趣,是我们近几年所常常领略到的,那就是集合了好几个无所不谈的朋友,全座没有一个生面孔,在随意地喝着酒,吃着菜,上天下地地谈着。有时说着很轻妙的话,说着很可发笑的话,有时是如火如剑的激动的话,有时是深切的论学谈艺的话,有时是随意地取笑着,有时是面红耳热地争辩着,有时是高妙的理想在我们的谈锋上触着,有时是恋爱的遇合与家庭的与个人的身世使我们谈个不休。每个人都把他的心胸赤裸裸地袒开了,每个人都把他的向来不肯给人看的血孔显露出来了;每个人都谈着,谈着,谈着,只有更兴奋地谈着,毫不觉得"疲倦"是怎么一个样子。酒是喝得干了,菜是已经没有了,而他们却还是谈着,谈着,谈着。那个地方,即使是很喧闹的,很湫狭的,向来所不愿意多坐的,而这时大家却都忘记了这些事,只是谈着,谈着,谈着,没有一个人愿意先说起告别的话。要不是为了戒严或家庭的命令,竟不会有人想走开的。虽然这些闲谈都是琐屑之至的,都是无意味的,而我们却已在其间得到宴之趣了;——其实在这些闲谈中,我们是时时可发现许多珠宝的;大家都互相地受着影响,大家都更进一步了解他的同伴,大家都可以从那里得到些教益与利益。("再喝一杯,只要一杯,一杯。")

"不，不能喝了，实在的。"

不会喝酒的人每每这样地被强迫着而喝了过量的酒。面部红红的，映在灯光之下，是向来所未有的壮美的丰采。

"圣陶，干一杯，干一杯，"我往往地举起杯来对着他说，我是很喜欢一口一杯地喝酒的。

"慢慢的，不要这样快，喝酒的趣味，在于一小口一小口的地喝，不在于'干杯'，"圣陶反抗似的说，然而终于他是一口干了，一杯又是一杯。

连不会喝酒的愈之、雁冰，有时，竟也被我们强迫地干了一杯。于是大家哄然地大笑，是发出于心之绝底的笑。

再有，佳年好节，合家团团地坐在一桌上，放了十几双的红漆筷子，连不在家中的人也都放着一双筷子，都排着一个座位。小孩子笑孜孜地闹着吵着，母亲和祖母温和地笑着，妻子忙碌着，指挥着厨房中厅堂中仆人们的做菜，端菜，那也是特有一种融融泄泄的乐趣，为孤独者所妒羡不止的，虽然并没有和同伴们同在时那样的宴之趣。

还有，一对恋人独自在酒店的密室中晚餐；还有，从戏院中偕了妻子出来，同登酒楼喝一二杯酒；还有，伴着祖母或母亲在熊熊的炉火旁边，放了几盏小菜，闲吃着宵夜的酒，那都是使身临其境的人心醉神怡的。

宴之趣是如此的不同呀！

买墨小记

周作人

我的买墨是压根儿不足道的。不但不曾见过邵格之,连吴天章也都没有,怎么够得上说墨,我只是买一点儿来用用罢了。我写字多用毛笔,这也是我落伍之一,但是习惯了不能改,只好就用下去,而毛笔非墨不可,又只得买墨。本来墨汁是最便也最经济的,可是胶太重,不知道用的什么烟,难保没有"化学"的东西,写在纸上常要发青,写稿不打紧,想要稍保存的就很不合适了。买一锭半两的旧墨,磨来磨去也可以用上一个年头,古人有言,非人磨墨墨磨人,似乎感慨系之,我只引来表明墨也很禁用,并不怎么不上算而已。

买墨为的是用,那么一年买一两半两就够了。这话原是不错的,事实上却不容易照办,因为多买一两块留着玩玩也是人情之常。据闲人先生在《谈用墨》中说,"油烟墨自光绪五年以前皆可用。"凌宴池先生的《清墨说略》曰,"墨至光绪二十年,或曰十五年,可谓遭亘古未有之浩劫,盖其时矿质之洋烟输入……墨法遂不可复问。"所以从实用上说,"光绪中叶"以前的制品大抵就够我们常人之用了,实在我买的也不过光绪至道光的,去年买到几块道光乙未年的墨,整整是一百年,磨了也很细黑,觉得颇喜欢,至于干嘉诸老还未敢请教也。这样说来,墨又有什么可玩的呢?道光以后的墨,其字画雕刻去古益远，殆无可观也已，我这里说玩玩者乃是别一方面，大概不在物而在人，亦不在工人而在主人，去墨本身已甚远而近于收藏名人之著书矣。

我的墨里最可纪念的是两块"曲园先生着书之墨"，这是民廿三春间我做那首"且到寒斋吃苦茶"的打油诗的时候平伯送给我的。墨的又一面是春在堂三字，印文曰程氏掬庄，边款曰：光绪丁酉仲春鞠庄精选清烟。

其次是一块圆顶碑式的松烟墨，边款曰，鉴莹斋珍藏。正面篆文一行云，同治九年正月初吉，背文云，绩溪胡甘伯会稽赵㧑叔校经之墨，分两行写，为赵手笔。赵君在《㦸麟堂遗集》叙目中云"岁在辛未，余方入都居同岁生胡甘伯寓屋，"即同治十年，至次年壬申而甘伯死矣。赵君有从弟为余表兄，乡俗亦称亲戚，余生也晚，乃不及见。小时候听祖父常骂赵益甫，与李苑客在日记所骂相似，盖诸公性情有相似处故反相克也。

近日得一半两墨，形状凡近，两面花边作木器纹，题曰，会稽扁舟子着书之墨，背曰，徽州胡开文选烟，边款云，光绪七年。扁舟子即范寅，著有《越谚》共五卷，今行于世。其《事言日记》第三册中光绪四年戊寅纪事云：

"元旦，辛亥。巳初书红，试新模扁舟子着书之墨，甚坚细而佳，惟新而腻，须俟三年后用之。"盖即与此同型，唯此乃后年所制者耳。日记中又有丁丑十二月初八日条曰：

"陈槐亭曰，前月朔日营务处朱撒勋方伯明亮国省言，禹庙有联系范某撰书并跋者，梅中丞见而赞之，朱方伯保举范某能造轮船，中丞嘱起稿云云，子有禹庙联乎？果能造轮船乎？应曰，皆是也。"范君用水车法以轮进舟，而需多人脚踏，其后仍改用篙橹，甲午前后曾在范君宅后河中见之，盖已与普通的"四明瓦"无异矣。

前所云一百年墨共有八锭，篆文曰，墨缘堂书画墨，背曰，蔡友石珍藏，边款云，道光乙未年汪近圣造。又一枚稍小，篆文相同，背文两行曰，一点如漆，百年卯石，下云，友石清赏，边款云，道光乙未年三月。甘实庵《白下琐言》卷三云：

"蔡友石太仆世松精鉴别，收藏尤富，归养家居，以书画自娱，与人评论娓娓不倦。所藏名人墨迹，钩摹上石，为墨缘堂帖，真信而好古矣。"此外在《金陵词钞》中见有词几首，关于蔡友石所知有限，今看见此墨却便觉得非陌生人，仿佛有一种缘分也。货布墨五枚，形与文均如之，背文二行曰，斋谷山人属胡开文仿古，边款云，光绪癸巳年春日。此墨甚寻常，只因是刻《习苦斋画絮》的惠年所造，故记之。又有墨二枚，无文字，唯上方横行五字曰云龙旧袖制，据云亦是惠菱舫也。

又墨四锭，一面双鱼纹，中央篆书曰，大吉昌宜侯王，背作桥上望月图，题曰湖桥乡思。两侧隶书曰，故乡亲友劳相忆，丸作隃糜当尺鳞。仲仪所贻，苍珮室制。疑是谭复堂所作，案谭君曾宦游安徽，事或可能，但体制凡近，亦未敢定也。

墨缘堂墨有好几块，所以磨了来用，别的虽然较新，却舍不得磨，只是放着看看而已。从前有人说买不起古董，得货布及龟鹤齐寿钱，制作精好，可以当作小铜器看，我也曾这样做，又搜集过三五古砖，算是小石刻。这些墨原非佳品，总也可以当墨玩了，何况多是先哲乡贤的手泽，岂非很好的小古董乎。我前作《骨董小记》，今更写此，作为补遗焉。

南北的点心

周作人

中国地大物博,风俗与土产随地各有不同,因为一直缺少人纪录,有许多值得也是应该知道的事物,我们至今不能知道清楚,特别是关于衣食住的事项。我这里只就点心这个题目,依据浅陋所知,来说几句话,希望抛砖引玉,有旅行既广,游历又多的同志们,从各方面来报道出来,对于爱乡爱国的教育,或者也不无小补吧。

我是浙江东部人,可是在北京住了将近四十年,因此南腔北调,对于南北情形都知道一点,却没有深厚的了解。据我的观察来说,中国南北两路的点心,根本性质上有一个很大的区别。简单地下一句断语,北方的点心是常食的性质,南方的则是闲食。我们只看北京人家做饺子馄饨面总是十分苴实,馅决不考究,面用芝麻酱拌,最好也只是炸酱;馒头全是实心。本来是代饭用的,只要吃饱就好,所以并不求精。若是回过来走到东安市场,往五芳斋去叫了来吃,尽管是同样名称,做法便大不一样,别说蟹黄包干,鸡肉馄饨,就是一碗三鲜汤面,也是精细鲜美的。可是有一层,这决不可能吃饱当饭,一则因为价钱比较贵,二则昔时无此习惯。抗战以后上海也有阳春面,可以当饭了,但那是新时代的产物,在老辈看来,是不大可以为训的。我母亲如果在世,已有一百岁了，她生前便是绝对不承认点心可以当饭的，有时生点小毛病，不喜吃大米饭，随叫家里做点馄饨或面来充饥，即使一天里仍然吃过三回，她却总说今天胃口不开，因为吃不下饭去，因此可以证明那馄饨和面都不能算是饭。这种论断，虽然有点儿近于武断，但也可以说是有客观的佐证，因为南方的点心是闲食，做法也是趋于精细鲜美，不取茁实一路的。上文五芳斋固然是很好的例子，我还可以再举出南方做烙饼的方法来，更为具体，也有意思。我们故乡是在钱塘江的东岸，那里不常吃面食，可是有烙饼这物事。这里要注意的，是烙不读作者字音，乃是"洛"字入声，又名为山东饼，这证明原来是模仿大饼而作的，但是烙法却大不相同了，乡间卖馄饨面和馒头都分别有专门的店铺，唯独这烙饼只有摊，而且也不是每天都有，这要等待哪里有社戏，才有几个摆在戏台附近，供看戏的人买吃，价格是每个制钱三文，油条价二文，葱酱和饼只要一文罢了。做法是先将原本两折的油条扯开，改作三折，在熬盘上烤焦，同时在预先做好的直径约二寸，厚约一分的圆饼上，满搽红酱和辣酱，撒上葱花，卷在油条外面，再烤一下，就做成了。它的特色是油条加葱酱烤过，香辣好吃，那所谓饼只是包裹油条的东西，乃是客而非主，拿来与北方原来的大饼相比，厚大如茶盘，卷上黄酱与大葱，大嚼一张，可供一饱，这里便显出很大的不同来了。

上边所说的点心偏于面食，一方面，这在北方本来不算是闲食吧。此外还有一类干点心，北京称为悖悖，这才当作闲食，大概与南方并无什么差别。但是这里也有一点不同，据我的考察，北方的点心历史古，南方的历史新，古者可能还有唐宋遗制，新的只是明朝中叶吧。点心铺招牌上有常用的两句话，我想借来用在这里，似乎也还适当，北方可以称为"官礼茶食"，南方则是"嘉湖细点"。

我们这里且来作一点烦琐的考证，可以多少明白这时代的先后。查清顾张思的《土风录》卷六，"点心"条下云：小食曰点心，见《吴曾漫录》。唐郑傪为江淮留后，家人备夫人晨馔，夫人谓其弟曰"治妆未毕，我未及餐，尔且可点心。"俄而女仆请备夫人点心，傪诟曰："适已点心，今何得又请！"由此可知点心古时即是晨馔。同书又引周辉《北辕录》云："洗漱冠柿毕，点心已至。"后文说明点心中馒头馄饨包子等，可知说的是水点心，在唐朝已有此名了。茶食一名，据《土风录》云："干点心曰茶食，见宇文懋《昭金志》：'婿先期拜门，以酒撰往，酒三行，进大软脂小软脂，如中国寒具，又进蜜糕，人各一盘，曰茶食。'"《北辕录》云："金国宴南使，未行酒，先设茶筵，进茶一盏，谓之茶食。"茶食是喝茶时所吃的，与小食不同，大软脂，大抵有如蜜麻花，蜜糕则明系蜜饯之类了。从文献上看来，点心与茶食两者原有区别，性质也就不同，但是后来早已混同了。本文中也就混用，那招牌上的话也只是利用现代文句，茶食与细点作同意语看，用不着再分析了。

我初到北京来的时候，随便在饽饽铺买点东西吃，觉得不大满意，曾经埋怨过这个古都市，积聚了千年以上的文化历史，怎么没有做出些好吃的点心来。老实说，北京的大八件小八件，尽管名称不同，吃起来不免单调，正和五芳斋的前例一样，东安市场内的稻香春所做的南式茶食，并不齐备，但比起来也显得花样要多些了。过去时代，皇帝向在京里，他的享受当然是很豪华的，却也并不曾创造出什么来，北海公园内旧有"仿膳"，是前清御膳房的做法，所做小点心，看来也是平常，只是做得小巧一点而已。南方茶食中有些东西，是小时候熟悉的，在北京都没有，也就感觉不满足，例如糖类的酥糖、麻片糖、寸金糖，片类的云片糕、椒桃片、松仁片，软糕类的松子糕、枣子糕、蜜仁糕、桔红糕等。此外有缠类，如松仁缠、核桃缠，乃是在于果上包糖，算是上品茶食，其实倒并不怎么好吃。南北点心粗细不同，我早已注意到了，但这是怎么一个系统，为什么有这差异？那我也没有法子去查考，因为孤陋寡闻，而且关于点心的文献，实在也不知道有什么书籍。但是事有凑巧，不记得是哪一年，或者什么原因了，总之见到几件北京的旧式点心，平常不大碰见，样式有点别致的，这使我忽然大悟，心想这岂不是在故乡见惯的"官礼茶食"么？故乡旧式结婚后，照例要给亲戚本家分"喜果"，一种是干果，计核桃、枣子、松子、榛子，讲究的加荔枝、桂圆。又一种是干点心，记不清它的名字。查范寅《越谚》饮食门下，记有金枣和珑缠豆两种，此外我还记得有佛手酥、菊花酥和蛋黄酥等三种。这种东西，平时不通销，店铺里也不常备，要结婚人家订购才有，样子虽然不差，但材料不大考究，即使是可以吃得的佛手酥，也总不及红绫饼或梁湖月饼，所以喜果送来，只供小孩们胡乱吃一阵，大人是不去染指的。可是这类喜果却大抵与北京的一样，而且结婚时节非得使用不可。云片糕等虽是比较要好，却是决不使用的。这是什么理由？这一类点心是中国旧有的，历代相承，使用于结婚仪式。一方面时势转变，点心上发生了新品种，然而一切仪式都是守旧的，不轻易容许改变，因此即使是送人的喜果，也有一定的规矩，要定做现今市上不通行了的物品来使用。同是一类茶食，在甲地尚在通行，在乙地已出了新的品种，只留着用于"官礼"，这便是南北点心情形不同的缘因了。

上文只说得"官礼茶食"，是旧式的点心，至今流传于北方。至于南方点心的来源，那还得另行说明。"嘉湖细点"这四个字，本是招牌和仿单上的口头禅，现在正好借用过来，说明细点的起源。因为据戊的了解，那时期当为前明中叶，而地点则是东吴西浙，嘉兴湖州正是代表地方。我没有文书上的资料，来证明那时吴中饮食丰盛奢华的情形，但以近代苏州饮食风靡南方的事情来作比，这里有点类似。明朝自永乐以来，政府虽是设在北京，但文化中心一直还是在江南一带。那里官绅富豪生活奢侈，茶食一类也就发达起来。就是水点心，在北方作为常食的，也改作得特别精美，成为以赏味为目的的闲食了。这南北两样的区别，在点心上存在得很久，这里固然有风俗习惯的关系，一时不易改变；但在"百花齐放"的今日，这至少该得有一种进受了吧。其实这区别不在于质而只是量的问题，换一句话即是做法的一点不同而已，我们前面说过，家庭的鸡蛋炸酱面与五芳斋的三鲜汤面，固然是一例。此外则有大块粗制的窝窝头，与"仿膳"的一碟十个的小窝窝头，也正是一样的变化。北京市上有一种爱窝窝，以江米煮饭捣烂（即是糍粑）为皮，中裹糖馅，如元宵大小。李光庭在《乡言解颐》中说明它的起源云：相传明世中官有嗜之者，因名御爱窝窝，今但曰爱而已。这里便是一个例证，在明清两朝里，窝窝头一件食品，便发生了两个变化了。本来常食闲食，都有一定习惯，不易轻轻更变，在各处都一样是闲食的干点心则无妨改良一点做法，做得比较精美，在人民生活水平日益提高的现在，这也未始不是切合实际的事情吧。国内各地方，都富有不少有特色的点心，就只因为地域所限，外边人不能知道，我希望将来不但有人多多报道，而且还同上产果品一样，陆续输到外边来，增加人民的口福。

梨花
许地山

她们还在园里玩，也不理会细雨丝丝穿入她们的罗衣。池边梨花的颜色被洗得更白净了。但朵朵都懒懒地垂着。

姐姐说："你看，花儿都倦得要睡了！"

"待我来摇醒他们。"

姐姐不及发言，妹妹的手早已抓住树枝摇了几下。花瓣和水珠纷纷地落下来，铺得银片满地，煞是好玩。

妹妹说："好玩啊，花瓣一离开树枝，就活动起来了！"

"活动什么？你看，花儿的泪都滴在我身上哪。"姐姐说这话时，带着几分怒气，推了妹妹一下，她接着说："我不和你玩了；你自己在这里吧。"

妹妹见姐姐走了，直站在树下出神。停了半晌，老妈子走来，牵着她，一边走着,说:"你看,你的衣服都湿透了,在阴雨天,每日要换几次衣服,叫人到哪里找太阳给你晒去呢?"

落下来的花瓣,有些被她们的鞋印入泥中;有些粘在妹妹身上,被她带走;有些浮在池面,被鱼儿衔入水里。那多情的燕子不歇地把鞋印上的残瓣和软泥一同衔在口中,到梁间去,构成他们的香巢。

对照情境

张恨水

冬至矣,乃苦念北平。未至北平者,辄以北平之寒可怕。未知北平之寒,亦大有可爱处。试想四合院中,庭树杈丫,略有微影。积雪铺地,深可尺许。平常人家,北房窗户,玻璃窗板,宽均数尺,擦抹使无纤尘。当此之时,雪反射清光入室,柔和洞明。而室中火炉狂燃,暖如季春。案几之间,或置盆景数事,生趣盎然。虽着薄棉,亦无寒意。隔窗看户外一片银装玉琢,心地便觉平坦舒适。若得小斋,稍事布置,俗所谓窗明几净者,惟能于此际求之耳。

自然,雪非人人可赏者。冷眼旁观,则此项舒适反应,亦北平最烈。当满城风雪,街道入荒凉世界时,街旁羊肉火锅馆,正生涯鼎盛。富家儿身拥重裘,乘御寒轿车,碾街上积雪作浪花飞,驰至门首。掀棉门帘而入,则百十具铜火锅,成排罗列店堂中,炭烟蒸汽,团结半空,堂中闷热不可当,亟卸皮裘,挽艳装少妇而趋入雅座。此等店门悉以玻璃为之,内外透视。则有窭人子身披败絮,肩上加以粗麻米袋,瑟缩门下,隔玻璃内窥,冀得半碗残汁。而雪花飞粘其枯发上冻结不化,银饰星缀。视其面,则紫而且乌,清涕自鼻中陆续渗出。同为人子,一门之隔,悬殊若是。然记得当年,固无人稍稍注意也。

虽然,此并不足为北平病,天下何处不如此。草此文十分钟前,见溪上小路,一滑竿抬过。抬前扛者,为一老人,鸠形鹄面,须蓬蓬如乱草,汗流如雨,气喘吁吁。而坐竿上者则西装壮汉,方闲眺野趣,口作微歌。此与北平羊肉馆前小景,又相较如何乎?

第二章

用力去做事，用心去生活

相信自己，靠自己，随时随地尽自己的一份儿往最好里去做，让自己活得有意思，一时一刻一分一秒都有意思。

家庭

孙犁

我在于村黎家,和一匹老马住在一间屋里,每当做饭,它一弹腿,就把粪尿踢到锅里,总是不敢揭锅盖,感到很不方便。到了这个村庄的时候,我就向支部书记要求,住得比较清净些。农村房屋是很缺的,终于他把我领到一间因为特殊原因空闲了三年的北房里。这时是腊月天气,虽然那位也是住闲房的收买旧货的老人,用他存下的破烂棉套,替我堵了堵窗户,一夜也就把我冻跑了。我找了赵金铭去,他想了想,把我领到妇联会主任的家里。

主任傅秋鸾,正和小姑玉彩坐在炕上缝棉衣服。

赵金铭既然是有名的"大哨儿",他总把事情说得骇人听闻,他说我得了感冒,当村干部的,实在过意不去。他征求主任的意见,能不能和兄弟媳妇合并一下,让给我一间屋子。

主任说:"我们这里长年不断地住干部,还用着你动员我!不过,眼下就过年了,我们当家的要回来。这个同志要是住三天五天的,我就让给他,听说是住三月两月,那顶好住到我娘她们那小东屋里去。我爹到西院和大伯就伴，叫我娘搬过来和我们就伴。就是那屋里喂着一匹小驴儿。"

"就是这个不大卫生。"赵金铭做难地说。

我已经冻怕，不管它驴不驴，说没有关系。赵金铭领我到小东屋里看了看，小驴儿迎着门口摇着脖上的铜铃。

"小牲口拉尿不多，"赵金铭说，"我告诉老头儿勤打扫着点。"

我就搬到这家来了，一直住到第二年三月里，一家人待我很好，又成了我的一处难以忘记的地方。

这一家姓赵，大伯大娘都是党员。大儿妇是党员，大儿子在定县工作也是党员，二儿子在朝鲜作战是党员，二儿妇和姑娘都是团员。这真是革命家庭，又是志愿军家属，我从心里尊敬他们。

大伯是个老实庄稼人，整天不闲着，现在正操业着"打沙披"的事。这一带的土质很奇怪，用泥土拍墙头垒房山，可以多年不坏，越经雨冲越坚固，称做立土。铺房顶就不行，见雨就漏，稍为富裕的人家，总是在房顶上打上一层"沙披"。办法是：从砖窑上拉回煤焦子，砸碎掺石灰，用水浆好，铺在房顶，用木棒捶击，打出来就像洋灰抹的一样。但颇费工时。

大伯整天坐在院里，拣砸那些焦子。他工作得很起劲，土地改革以来，家里的生活，年年向上，使他很满足。儿子参军，每年政府发下工票，劳动力也不成问题。他有十五亩园子，两架水车，每年只是菜蔬瓜果，变卖的钱就花费不清。他说今年"打沙披"，明年灰抹墙山，后年翻盖磨棚。

虽在冬闲，他家并不光吃山药和萝卜，像普通人家那样。总是包些干菜饺子呀，擀些山药面把子呀，熬些干粉菜呀，蒸些小米干饭呀，变化着样儿吃。一家人的穿着，也很整齐，姑娘媳妇们都有两身洋布衣服。还有一点是在农村里不常见的，就是她们经常换洗衣服，用肥皂。

一家人，就是大伯的穿着不大讲究。好天气姑娘媳妇们在院里洗衣服，他对我说："就是我们家费水！"

我说："谁家用水多，就证明谁家卫生工作做得好。"

大媳妇说："用水多，又不用你给我们挑去，井里的水你也管着！快别砸了，荡我们一衣裳灰！"

大伯就笑着停工，抽起烟来了。

生活好了，一家人就处得很和气。这个大伯，小人们经常斥打他两句，他反倒很高兴。

大娘虽然已经六十岁了，按说有两房儿媳妇，是可以歇息歇息了。可是，也很少看见她闲着，我常常看见，媳妇们闲着，她却在做饭，喂猪，拣烂棉花桃儿，织布。她对我说："老二不在家，我就得疼他媳妇些，我疼她些，也就得疼老大家些。我不支使她们，留下她们的工夫，好去开会。"

别人家的婆婆是不愿意儿媳妇们开会，大娘却把开会看得比什么也要紧，她常督促着孩子们赶快做饭，吃完了好去开会。每逢开会，这家人是全体出席的，锁上门就走，有时区里来测验，一家人回来，还总是站在院里对对答案，看谁的分数多。

对证结果，总是小姑玉彩的成绩最好，因为她小学就要毕业了，又是学校团支部的委员。其次是大伯，他虽然不识字，可是记忆力很好，能够用日常生活里的情形解释那题目里包含的道理。而成绩最不好的是二儿媳妇齐满花。大娘对我说："什么都好，人材性质，场里地里，手工针线，村里没有不夸奖的。就是一样，孩子气，贪玩儿，不好学习。"

结婚以来，二儿子总是半月来一封信，回信总是小姑玉彩写，姑嫂之间，满花认为是什么话也可以叫她替自己写上的。最近，竟有一个多月不来信了，大娘焦急起来。我是每隔几天，就到县城里取报，这些日子，我拿报回来，一家人就跟到我屋里，叫我把朝鲜的战争和谈判的情形念给她们听，这成为一定的功课了。

齐满花头上包着一块花毛巾，坐在对面板凳上，一字一句地听着。她年岁还很小，就是额前的刘海，也还给人一些胎发的感觉，但是，她目前表露的神情是多么庄重，伸延的是多么辽远了啊。

好像现在她才感觉到，小姑代写的信，也已经是辞不达意。她要求自己学习了。大娘每年分给每个媳妇二十斤棉花，叫她们织成布，卖了零用。现在正是织布的时候，大娘每天晚上到机子上去替老二媳妇织布。齐满花和小姑对面坐在炕上，守着一盏煤油灯，有时是嫂嫂教小姑针线，更多的时间，是小姑教嫂嫂识字。玉彩很聪明，她能拣那些最能表达嫂嫂情意的字眼儿，先教，所以满花进步得很快。大儿妇对我说："我婆婆多帮老二家些，我不嫌怨，二兄弟在朝鲜，是我们一家人的光荣。"

儿女

朱自清

我现在已是五个儿女的父亲了。想起圣陶喜欢用的"蜗牛背了壳"的比喻，便觉得不自在。新近一位亲戚嘲笑我说，"要剥层皮呢！"更有些悚然了。十年前刚结婚的时候，在胡适之先生的《藏晖室札记》里，见过一条，说世界上有许多伟大的人物是不结婚的；文中并引培根的话，"有妻子者，其命定矣。"当时确吃了一惊，仿佛梦醒一般；但是家里已是不由分说给娶了媳妇，又有甚么可说？现在是一个媳妇，跟着来了五个孩子；两个肩头上，加上这么重一副担子，真不知怎样走才好。"命定"是不用说了；从孩子们那一面说，他们该怎样长大，也正是可以忧虑的事。我是个彻头彻尾自私的人，做丈夫已是勉强，做父亲更是不成。自然，"子孙崇拜"，"儿童本位"的哲理或伦理，我也有些知道；既做着父亲，闭了眼抹杀孩子们的权利，知道是不行的。可惜这只是理论，实际上我是仍旧按照古老的传统，在野蛮地对付着，和普通的父亲一样。近来差不多是中年的人了，才渐渐觉得自己的残酷；想着孩子们受过的体罚和叱责，始终不能辩解——像抚摩着旧创痕那样，我的心酸溜溜的。有一回，读了有岛武郎《与幼小者》的译文，对于那种伟大的、沉挚的态度，我竟流下泪来了。去年父亲来信，问起阿九，那时阿九还在白马湖呢；信上说，"我没有耽误你，你也不要耽误他才好。"我为这句话哭了一场；我为什么不像父亲的仁慈？我不该忘记，父亲怎样待我们来着！人性许真是二元的，我是这样地矛盾；我的心像钟摆似的来去。

你读过鲁迅先生的《幸福的家庭》么？我的便是那一类的"幸福的家庭"！每天午饭和晚饭，就如两次潮水一般。先是孩子们你来他去地在厨房与饭间里查看，一面催我或妻发"开饭"的命令。急促繁碎的脚步，夹着笑和嚷，一阵阵袭来，直到命令发出为止。他们一递一个地跑着喊着，将命令传给厨房里佣人；便立刻抢着回来搬凳子。于是这个说，"我坐这儿！"那个说，"大哥不让我！"大哥却说，"小妹打我！"我给他们调解，说好话。但是他们有时候很固执，我有时候也不耐烦，这便用着叱责了；叱责还不行，不由自主地，我的沉重的手掌便到他们身上了。于是哭的哭，坐的坐，局面才算定了。接着可又你要大碗，他要小碗，你说红筷子好，他说黑筷子好；这个要干饭，那个要稀饭，要茶要汤，要鱼要肉，要豆腐，要萝卜；你说他菜多，他说你菜好。妻是照例安慰着他们，但这显然是太迂缓了。我是个暴躁的人，怎么等得及？不用说，用老法子将他们立刻征服了；虽然有哭的，不久也就抹着泪捧起碗了。吃完了，纷纷爬下凳子，桌上是饭粒呀，汤汁呀，骨头呀，渣滓呀，加上纵横的筷子，欹斜的匙子，就如一块花花绿绿的地图模型。吃饭而外，他们的大事便是游戏。游戏时，大的有大主意，小的有小主意，各自坚持不下，于是争执起来；或者大的欺负了小的，或者小的竟欺负了大的，被欺负的哭着嚷着，到我或妻的面前诉苦；我大抵仍旧要用老法子来判断的，但不理的时候也有。最为难的，是争夺玩具的时候：这一个的与那一个的是同样的东西，却偏要那一个的；而那一个便偏不答应。在这种情形之下，不论如何，终于是非哭了不可的。这些事件自然不至于天天全有，但大致总有好些起。我若坐在家里看书或写什么东西，管保一点钟里要分几回心，或站起来一两次的。

若是雨天或礼拜日，孩子们在家的多，那么，摊开书竟看不下一行，提起笔也写不出一个字的事，也有过的。我常和妻说，"我们家真是成日的千军万马呀！"有时是不但"成日"，连夜里也有兵马在进行着，在有吃乳或生病的孩子的时候！

我结婚那一年，才十九岁。二十一岁，有了阿九；二十三岁，又有了阿菜。那时我正像一匹野马，哪能容忍这些累赘的鞍鞯、辔头，和缰绳？摆脱也知是不行的，但不自觉地时时在摆脱着。现在回想起来，那些日子，真苦了这两个孩子；真是难以宽宥的种种暴行呢！阿九才两岁半的样子，我们住在杭州的学校里。不知怎地，这孩子特别爱哭，又特别怕生人。一不见了母亲，或来了客，就哇哇地哭起来了。学校里住着许多人，我不能让他扰着他们，而客人也总是常有的；我懊恼极了，有一回，特地骗出了妻，关了门，将他按在地下打了一顿。这件事，妻到现在说起来，还觉得有些不忍；她说我的手太辣了，到底还是两岁半的孩子！我近年常想着那时的光景，也觉黯然。阿菜在台州，那是更小了；才过了周岁，还不大会走路。也是为了缠着母亲的缘故吧，我将她紧紧地按在墙角里，直哭喊了三四分钟；因此生了好几天病。妻说，那时真寒心呢！但我的苦痛也是真的。我曾给圣陶写信，说孩子们的折磨，实在无法奈何；有时竟觉着还是自杀的好。这虽是气愤的话，但这样的心情，确也有过的。后来孩子是多起来了，磨折也磨折得久了，少年的锋棱渐渐地钝起来了；加以增长的年岁增长了理性的裁制力，我能够忍耐了——觉得从前真是一个"不成材的父亲"，如我给另一个朋友信里所说。但我的孩子们在幼小时，确比别人的特别不安静，我至今还觉如此。我想这大约还是由于我们抚育不得法；从前只一味地责备孩子，让他们代我们负起责任，却未免是可耻的残酷了！

正面意义的"幸福"，其实也未尝没有。正如谁所说，小的总是可爱，孩子们的小模样，小心眼儿，确有些教人舍不得的。阿毛现在五个月了，你用手指去拨弄她的下巴，或向她做趣脸，她便会张开没牙的嘴格格地笑，笑得像一朵正开的花。她不愿在屋里待着；待久了，便大声儿嚷。妻常说，"姑娘又要出去溜达了。"她说她像鸟儿般，每天总得到外面溜一些时候。闰儿上个月刚过了三岁，笨得很，话还没有学好呢。他只能说三四个字的短语或句子，文法错误，发音模糊，又得费气力说出；我们老是要笑他的。他说"好"字，总变成"小"字；问他"好不好？"他便说"小"，或"不小"。我们常常逗着他说这个字玩儿；他似乎有些觉得，近来偶然也能说出正确的"好"字了——特别在我们故意说成"小"字的时候。他有一只搪瓷碗，是一毛来钱买的；买来时，老妈子教给他，"这是一毛钱。"他便记住"一毛"两个字，管那只碗叫"一毛"，有时竟省称为"毛"。这在新来的老妈子，是必需翻译了才懂的。他不好意思，或见着生客时，便咧着嘴痴笑；我们常用了土话，叫他做"呆瓜"。他是个小胖子，短短的腿，走起路来，蹒跚可笑；若快走或跑，便更"好看"了。他有时学我，将两手叠在背后，一摇一摆的；那是他自己和我们都要乐的。他的大姊便是阿菜，已是七岁多了，在小学校里念着书。在饭桌上，一定得啰啰唆唆地报告些同学或他们父母的事情；气喘喘地说着，不管你爱听不爱听。说完了总问我："爸爸认识么？""爸爸知道么？"妻常禁止她吃饭时说话，所以她总是问我。她的问题真多：看电影便问电影里的是不是人？是不是真人？怎么不说话？看照相也是一样。不知谁告诉她，兵是要打人的。她回来便问，兵是人么？为什么打人？近来大约听了先生的话，回来又问张作霖的兵是帮谁的？蒋介石的兵是不是帮我们的？诸如此类的问题，每天短不了，常常闹得我不知怎样答才行。她和闰儿在一处玩儿，一大一小，不很合式，老是吵着哭着。但合式的时候也有：譬如这个往床底下躲，那个便钻进去追着；这个钻出来，那个也跟着从这个床到那个床，只听见笑着，嚷着，喘着，真如妻所说，像小狗似的。现在在京的，便只有这三个孩子；阿九和转儿是去年北来时，让母亲暂时带回扬州去了。

阿九是欢喜书的孩子。他爱看《水浒》、《西游记》、《三侠五义》、《小朋友》等；没有事便捧着书坐着或躺着看。只不欢喜《红楼梦》，说是没有味儿。是的，《红楼梦》的味儿，一个十岁的孩子，哪里能领略呢？去年我们事实上只能带两个孩子来；因为他大些，而转儿是一直跟着祖母的，便在上海将他俩丢下。我清清楚楚记得那分别的一个早上。我领着阿九从二洋泾桥的旅馆出来，送他到母亲和转儿住着的亲戚家去。妻嘱咐说，"买点吃的给他们吧。"我们走过四马路，到一家茶食铺里。阿九说要熏鱼，我给买了；又买了饼干，是给转儿的。便乘电车到海宁路。下车时，看着他的害怕与累赘，很觉恻然。到亲戚家，因为就要回旅馆收拾上船，只说了一两句话便出来；转儿望望我，没说什么，阿九是和祖母说什么去了。我回头看了他们一眼，硬着头皮走了。后来妻告诉我，阿九背地里向她说："我知道爸爸欢喜小妹，不带我上北京去。"其实这是冤枉的。他又曾和我们说，"暑假时一定来接我啊！"我们当时答应着；但现在已是第二个暑假了，他们还在迢迢的扬州待着。他们是恨着我们呢？还是惦着我们呢？妻是一年来老放不下这两个，常常独自暗中流泪；但我有什么法子呢！想到"只为家贫成聚散"一句无名的诗，不禁有些凄然。转儿与我较生疏些。但去年离开白马湖时，她也曾用了生硬的扬州话（那时她还没有到过扬州呢），和那特别尖的小嗓子向着我："我要到北京去。"她晓得什么北京，只跟着大孩子们说罢了；但当时听着，现在想着的我，却真是抱歉呢。这兄妹俩离开我，原是常事，离开母亲，虽也有过一回，这回可是太长了；小小的心儿，知道是怎样忍耐那寂寞来着！

我的朋友大概都是爱孩子的。少谷有一回写信责备我，说儿女的吵闹，也是很有趣的，何至可厌到如我所说；他说他真不解。子恺为他家华瞻写的文章，真是"蔼然仁者之言"。圣陶也常常为孩子操心：小学毕业了，到什么中学好呢？这样的话，他和我说过两三回了。我对他们只有惭愧！可是近来我也渐渐觉着自己的责任。我想，第一该将孩子们团聚起来，其次便该给他们些力量。我亲眼见过一个爱儿女的人，因为不曾好好地教育他们，便将他们荒废了。他并不是溺爱，只是没有耐心去料理他们，他们便不能成材了。我想我若照现在这样下去，孩子们也便危险了。我得计划着，让他们渐渐知道怎样去做人才行。但是要不要他们像我自己呢？这一层，我在白马湖教初中学生时，也曾从师生的立场上问过丏尊，他毫不踌躇地说，"自然啰。"近来与平伯谈起教子，他却答得妙，"总不希望比自己坏啰。"是的，只要不"比自己坏"就行，"像"不"像"倒是不在乎的。职业、人生观等，还是由他们自己去定的好；自己顶可贵，只要指导，帮助他们去发展自己，便是极贤明的办法。

予同说，"我们得让子女在大学毕了业，才算尽了责任。"SK 说，"不然，要看我们的经济，他们的材质与志愿；若是中学毕了业，不能或不愿升学，便去做别的事，譬如做工人吧，那也并非不行的。"自然，人的好坏与成败，也不尽靠学校教育；说是非大学毕业不可，也许只是我们的偏见。在这件事上，我现在毫不能有一定的主意；特别是这个变动不居的时代，知道将来怎样？好在孩子们还小，将来的事且等将来吧。目前所能做的，只是培养他们基本的力量——胸襟与眼光；孩子们还是孩子们，自然说不上高的远的，慢慢从近处小处下手便了。这自然也只能先按照我自己的样子："神而明之，存乎其人，"光辉也罢，倒楣也罢，平凡也罢，让他们各尽各的力去。我只希望如我所想的，从此好好地做一回父亲，便自称心满意。——想到那"狂人""救救孩子"的呼声，我怎敢不悚然自勉呢？

论吃饭

朱自清

我们有自古流传的两句话：一是"衣食足则知荣辱"，见于《管子·牧民》篇，一是"民以食为天"，是汉朝郦食其说的。这些都是从实际政治上认出了民食的基本性，也就是说从人民方面看，吃饭第一。另一方面，告子说，"食色，性也"，是从人生哲学上肯定了食是生活的两大基本要求之一。《礼记·礼运》篇也说到"饮食男女，人之大欲存焉"，这更明白。照后面这两句话，吃饭和性欲是同等重要的，可是照这两句话里的次序，"食"或"饮食"都在前头，所以还是吃饭第一。

这吃饭第一的道理，一般社会似乎也都默认。虽然历史上没有明白的记载，但是近代的情形，据我们的耳闻目见，似乎足以教我们相信从古如此。例如苏北的饥民群到江南就食，差不多年年有。最近天津《大公报》登载的费孝通先生的《不是崩溃是瘫痪》一文中就提到这个。这些难民虽然让人们讨厌，可是得给他们饭吃。给他们饭吃固然也有一二成出于慈善心，就是恻隐心，但是八九成是怕他们，怕他们铤而走险，"小人穷斯滥矣"，什么事做不出来！给他们吃饭，江南人算是认了。

可是法律管不着他们吗？官儿管不着他们吗？干吗要怕要认呢？可是法律不外乎人情，没饭吃要吃饭是人情，人情不是法律和官儿压得下的。没饭吃会饿死，严刑峻罚大不了也只是个死，这是一群人，群就是力量：谁怕谁！在怕的倒是那些有饭吃的人们，他们没奈何只得认点儿。所谓人情，就是自然的需求，就是基本的欲望，其实也就是基本的权利。但是饥民群还不自觉有这种权利，一般社会也还不会认清他们有这种权利；饥民群只是冲动地要吃饭，而一般社会给他们饭吃，也只是默认了他们的道理，这道理就是吃饭第一。

三十年夏天笔者在成都住家，知道了所谓"吃大户"的情形。那正是青黄不接的时候，天又干，米粮大涨价，并且不容易买到手。于是乎一群一群的贫民一面抢米仓，一面"吃大户"。他们开进大户人家，让他们煮出饭来吃了就走。这叫作"吃大户"。"吃大户"是和平的手段，照惯例是不能拒绝的，虽然被吃的人家不乐意。当然真正有势力的尤其有枪杆的大户，穷人们也识相，是不敢去吃的。敢去吃的那些大户，被吃了也只好认了。那回一直这样吃了两三天，地面上一面赶办平粜，一面严令禁止，才打住了。据说这"吃大户"是古风；那么上文说的饥民就食，该更是古风吧。

但是儒家对于吃饭却另有标准。孔子认为政治的信用比民食更重，孟子倒是以民食为仁政的根本；这因为春秋时代不必争取人民，战国时代就非争取人民不可。然而他们论到士人，却都将吃饭看作一个不足轻重的项目。孔子说，"君子固穷"，说吃粗饭，喝冷水、"乐在其中"，又称赞颜回吃喝不够，"不改其乐"。道学家称这种乐处为"孔颜乐处"，他们教人"寻孔颜乐处",学习这种为理想而忍饥挨饿的精神。这理想就是孟子说的"穷则独善其身,达则兼善天下",也就是所谓"节"和"道"。孟子一方面不赞成告子说的"食色,性也",一方面在论"大丈夫"的时候列入了"贫贱不能移"一个条件。战国时代的"大丈夫",相当于春秋时的"君子",都是治人的劳心的人。这些人虽然也有饿饭的时候,但是一朝得了时,吃饭是不成问题的,不像小民往往一辈子为了吃饭而挣扎着。因此士人就不难将道和节放在第一,而认为吃饭好像是一个不足重轻的项目了。

伯夷、叔齐据说反对周武王伐纣,认为以臣伐君,因此不食周粟,饿死在首阳山。这也是只顾理想的节而不顾吃饭的。配合着儒家的理论,伯夷、叔齐成为士人立身的一种特殊的标准。所谓特殊的标准就是理想的最高的标准;士人虽然不一定人人都要做到这地步,但是能够做到这地步最好。

经过宋朝道学家的提倡,这标准更成了一般的标准,士人连妇女都要做到这地步。这就是所谓"饿死事小,失节事大"。这句话原来是论妇女的,后来却扩而充之普遍应用起来,造成了无数的惨酷的愚蠢的殉节事件。这正是"吃人的礼教"。人不吃饭,礼教吃人,到了这地步总是不合理的。

士人对于吃饭却还有另一种实际的看法。北宋的宋郊、宋祁兄弟俩都做了大官,住宅挨着。宋祁那边常常宴会歌舞,宋郊听不下去,教人和他弟弟说,问他还记得当年在和尚庙里咬菜根否?宋祁却答得妙:请问当年咬菜根是为什么来着!这正是所谓"吃得苦中苦,方为人上人"。做了"人上人",吃得好,穿得好,玩儿得好;"兼善天下"于是成了个幌子。照这个看法,忍饥挨饿或者吃粗饭、喝冷水,只是为了有朝一日可以大吃大喝,痛快的玩儿。吃饭第一原是人情,大多数士人恐怕正是这么在想。不过宋郊、宋祁的时代,道学刚起头,所以宋祁还敢公然表示他的享乐主义;后来士人的地位增进,责任加重，道学的严格的标准掩护着也约束着在治者地位的士人，他们大多数心里尽管那么在想，嘴里却就不敢说出。嘴里虽然不敢说出，可是实际上往往还是在享乐着。于是他们多吃多喝，就有了少吃少喝的人；这少吃少喝的自然是被治的广大的民众。

民众，尤其农民，大多数是听天由命安分守己的，他们惯于忍饥挨饿，几千年来都如此。除非到了最后关头，他们是不会行动的。他们到别处就食，抢米，吃大户，甚至于造反，都是被逼得无路可走才如此。这里可以注意的是他们不说话；"不得了"就行动，忍得住就沉默。他们要饭吃，却不知道自己应该有饭吃；他们行动，却觉得这种行动是不合法的，所以就索性不说什么话。说话的还是士人。他们由于印刷的发明和教育的发展，等等，人数加多了，吃饭的机会可并不加多，于是许多人也感到吃饭难了。这就有了"世上无如吃饭难"的慨叹。虽然难，比起小民来还是容易。因为他们究竟属于治者，"百足之虫，死而不僵"，有的是做官的本家和亲戚朋友，总得给口饭吃；这饭并且总比小民吃得好。孟子说做官可以让"所识穷乏者得我"，自古以来做了官就有引用穷本家穷亲戚穷朋友的义务。到了民国，黎元洪总统更提出了"有饭大家吃"的话。这真是"菩萨"心肠，可是当时只当作笑话。原来这句话说在一位总统嘴里，就是贤愚不分，赏罚不明，就是糊涂。然而到了那时候，这句话却已经藏在差不多每一个士人的心里。难得的倒是这糊涂！

第一次世界大战加上五四运动，带来了一连串的变化，中华民国在一颠一拐地走着之字路，走向现代化了。我们有了知识阶级，也有了劳动阶级，有了索薪，也有了罢工，这些都在要求"有饭大家吃"。知识阶级改变了士人的面目，劳动阶级改变了小民的面目，他们开始了集体的行动；他们不能再安贫乐道了，也不能再安分守己了，他们认出了吃饭是天赋人权，公开的要饭吃，不是大吃大喝，是够吃够喝，甚至于只要有吃有喝。然而这还只是刚起头。到了这次世界大战当中，罗斯福总统提出了四大自由，第四项是"免于匮乏的自由"。"匮乏"自然以没饭吃为首，人们至少该有免于没饭吃的自由。这就加强了人民的吃饭权，也肯定了人民的吃饭的要求；这也是"有饭大家吃"，但是着眼在平民，在全民，意义大不同了。

抗战胜利后的中国，想不到吃饭更难，没饭吃的也更多了。到了今天一般人民真是不得了，再也忍不住了，吃不饱甚至没饭吃，什么礼义什么文化都说不上。这日子就是不知道吃饭权也会起来行动了，知道了吃饭权的，更怎么能够不起来行动，要求这种"免于匮乏的自由"呢？于是学生写出"饥饿事大，读书事小"的标语，工人喊出"我们要吃饭"的口号。这是我们历史上第一回一般人民公开的承认了吃饭第一。这其实比闷在心里糊涂的骚动好得多；这是集体的要求，集体是有组织的，有组织就不容易大乱了。可是有组织也不容易散；人情加上人权，这集体的行动是压不下也打不散的，直到大家有饭吃的那一天。

作文的三个阶段

梁实秋

我们初学为文,一看题目,便觉一片空虚,搔首踟蹰,不知如何落笔。无论是以"人生于世……"来开始,或以"时代的巨轮……"来开始,都感觉得文思枯涩难以为继,即或搜索枯肠,敷衍成篇,自己也觉得内容贫乏索然寡味。胡适之先生告诉过我们:"有什么话,说什么话;话怎么说,就怎么说。"我们心中不免暗忖:本来无话可说,要我说些什么?有人认为这是腹笥太俭之过,疗治之方是多读书。"读万卷书,行万里路",固然可以充实学问增广见闻,主要的还是有赖于思想的启发,否则纵然腹笥便便,搜章摘句,也不过是饾饤之学,不见得就能做到"文如春华,思若涌泉"的地步。想象不充,联想不快,分析不精,辞藻不富,这是造成文思不畅的主要原因。

度过枯涩的阶段,便又是一种境界。提起笔来,有个我在,"纵横自有凌云笔,俯仰随人亦可怜。"对于什么都有意见,而且触类旁通,波澜壮阔,有时一事未竟而枝节横生,有时逸出题外而莫知所届,有时旁征博引而轻重倒置,有时作翻案文章,有时竟至"骂题",洋洋洒洒,拉拉杂杂,往好听里说是班固所谓的"下笔不能自休"。也许有人喜欢这种"长江大河一泻千里"式的文章,觉得里面有一股豪放恣肆的气魄。不过就作文的艺术而论,似乎尚大有改进的余地。

作文知道割爱，才是进入第三个阶段的征象。须知敝帚究竟不值珍视。不成熟的思想，不稳妥的意见，不切题的材料，不扼要的描写，不恰当的词字，统统要大刀阔斧地加以削删。芟除枝蔓之后，才能显着整洁而有精神，清楚而有姿态，简单而有力量。所谓"绚烂之极趋于平淡"，就是这种境界。

文章的好坏，与长短无关。文章要讲究气势的宽阔、意思的深入，长短并无关系。长短要求其适度，性质需要长篇大论者不宜过于简略；性质需要简单明了者不宜过于累赘，如是而已。所以文章之过长过短，不以字数计，应以其内容之需要为准。常听见人说，近代人的生活忙碌，时间特别宝贵，对于文学作品都喜欢短篇小说、独幕剧之类，也许有人是这样的。不过我们都知道，长篇小说还是有更多的人看的；多幕剧也有更多的观众。人很少忙得不能欣赏长篇作品，倒是冗长无谓的文字，哪怕只是一两页，恹恹无生气，也令人难以卒读。

文章的好坏与写作的快慢无关。顷刻之间成数千言，未必斐然可诵，吟得一个字拈断数根须，亦未必字字珠玑。我们欣赏的是成品，不是过程。袁虎倚马草露布，"手不辍笔，俄得七纸"，固然资为美谈，究非常人轨范。文不加点的人，也许是早有腹稿。我们为文还是应该刻意求工，千锤百炼，虽不必"掷地作金石声"，总要尽力洗除一切肤泛猥杂的毛病。

文章的好坏与年龄无关。姜愈老愈辣，但"辣手作文章"的人并不一定即是耆耇。头脑的成熟，艺术的造诣，与年龄时常不成正比。不过就一个人的发展过程而言，总要经过上面所说的三个阶段。

如何利用零碎时间

梁实秋

我常常听人说,他想读一点书,苦于没有时间。我不太同情这种说法。不管他是多么忙,他总不至于忙得一点时间都抽不出来。一天当中如果抽出一小时来读书,一年就有三百六十五小时,十年就有三千六百五十小时,积少成多,无论研究什么都会有惊人的成绩。零碎的时间最可宝贵,但是也最容易丢弃。我记得陆放翁有两句诗,"呼僮不应自生火,待饭未来还读书",这两句诗给我的印象很深。待饭未来的时候是颇难熬的,用以读书岂不甚妙?我们的时间往往于不知不觉中被荒废掉,例如,现在距开会还有五十分钟,于是什么事都不做了,磨磨蹭蹭,五十分钟便打发掉了。如果用这时间读几页书,岂不较为受用?至于在"度周末"的美名之下把时间大量消耗的人,那就更不必论了。他是在"杀时间",实在也是在杀他自己。

一个人在学校读书的时间是最可羡慕的一段时间,因为他没有生活的负担,时间完全是他自己的。但是很少人充分地把握住这个机会,多多少少地把时间浪费掉了。学校的教育应该是启发学生好奇求知的心理,鼓励他自动地往图书馆里去钻研。假如一个人在学校读书,从来没有翻过图书馆书目卡片,没有借过书,无论他的功课成绩多么好,我想他将来多半不能有什么成就。

英国的一个政治家兼作者威廉·科贝特（一七六二——一八三五）写过一本书《对青年人的劝告》，其中有一段"利用零碎时间"，我觉得很感动人，译抄如下：

文法的学习并不需要减少办事的时间，也不需要占去必须的运动时间。平常在茶馆咖啡馆用掉的时间以及附带着的闲谈所用掉的时间——一年中所浪费掉的时间——如果用在文法的学习上，便会使你在余生中成为一个精确的说话者写作者。你们不需要进学校，用不着课室，无需费用，没有任何麻烦的情形。

我学习文法是在每日赚六便士当兵卒的时候，床的边沿或岗哨铺位的边沿便是我们研习的座位，我的背包便是我的书架子，一小块木板放在腿上便是我的写字台，而这工作并未用掉一整年的功夫。我没钱去买蜡烛油；在冬天除了火光以外我很难得在夜晚有任何光，而那也只好等到我轮值时才有。

如果我在这种情形之下，既无父母又无朋友给我以帮助与鼓励，居然能完成这工作，那么任何年青人，无论多穷苦，无论多忙，无论多缺乏房间或方便，可有什么可借口的呢？为了买一枝笔或一张纸，我被迫放弃一部分粮食，虽然是在半饥饿的状态中。在时间上没有一刻钟可以说是属于自己的，我必须在十来个最放肆而又随便的人们之高谈阔论歌唱嘻笑吹哨吵闹当中阅读写作，而且是在他们毫无顾忌的时间里。莫要轻视我偶尔花掉的买纸笔墨水的那几文钱。那几文钱对于我是一笔大款！除了为我们上市购买食物所费之外，我们每人每星期所得不过是两便士。我再说一遍，如果我能在此种情形下完成这项工作，世界里可能有一个青年能找出借口说办不到吗？哪一位青年读了我这篇文字，若是还要说没有时间没有机会研习这学问中最重要的一项，他能不羞惭吗？

以我而论，我可以老实讲，我之所以成功，得力于严格遵守我在此讲给你们听的教条者,过于我的天赋的能力;因为天赋能力,无论多少,比较起来用处较少,纵然以严肃和克己来相辅,如果我在早年没有养成那爱惜光阴之良好习惯。我在军队获得非常的擢升,有赖于此者胜过其他任何事物。我是"永远有备";如果我在十点要站岗,我在九点就准备好了:从来没有任何人或任何事在等候我片刻时光。年过二十岁,从上等兵立刻升到军士长,越过了三十名中士,应该成为大家嫉恨的对象;但是这早起的习惯以及严格遵守我讲给你们听的教条,确曾消灭了那些嫉恨的情绪,因为每个人都觉得我所做的乃是他们所没有做的而且是他们所永不会做的。

科贝特这个人是工人之子,出身寒苦,早年在美洲从军,但是他终于苦读自修而成功,他写了不少的书,其中有一部是《英文文法》。这是一个很感动人的例子。

世故三昧

鲁迅

人世间真是难处的地方,说一个人"不通世故",固然不是好话,但说他"深于世故"也不是好话。"世故"似乎也像"革命之不可不革,而亦不可太革"一样,不可不通,而亦不可太通的。

然而据我的经验,得到"深于世故"的恶谥者,却还是因为"不通世故"的缘故。

现在我假设以这样的话,来劝导青年人——

"如果你遇见社会上有不平事,万不可挺身而出,讲公道话,否则,事情倒会移到你头上来,甚至于会被指作反动分子的。如果你遇见有人被冤枉,被诬陷的,即使明知道他是好人,也万不可挺身而出,去给他解释或分辩,否则,你就会被人说是他的亲戚,或得了他的贿赂;倘使那是女人,就要被疑为她的情人的;如果他较有名,那便是党羽。例如我自己罢,给一个毫不相干的女士做了一篇信札集的序,人们就说她是我的小姨;介绍一点科学的文艺理论,人们就说得了苏联的卢布。亲戚和金钱,在目下的中国,关系也真是大,事实给与了教训，人们看惯了，以为人人都脱不了这关系，原也无足深怪的。

"然而，有些人其实也并不真相信，只是说着玩玩，有趣有趣的。即使有人为了谣言，弄得凌迟碎剐，像明末的郑鄤那样了，和自己也并不相干，总不如有趣的紧要。这时你如果去辨正，那就是使大家扫兴，结果还是你自己倒霉。我也有一个经验，那是十多年前，我在教育部里做"官僚"，常听得同事说，某女学校的学生，是可以叫出来嫖的，连机关的地址门牌，也说得明明白白。有一回我偶然走过这条街，一个人对于坏事情，是记性好一点的，我记起来了，便留心着那门牌，但这一号；却是一块小空地，有一口大井，一间很破烂的小屋，是几个山东人住着卖水的地方，决计做不了别用。待到他们又在谈着这事的时候，我便说出我的所见来，而不料大家竟笑容尽敛，不欢而散了，此后不和我谈天者两三月。我事后才悟到打断了他们的兴致，是不应该的。

"所以，你最好是莫问是非曲直，一味附和着大家；但更好是不开口；而在更好之上的是连脸上也不显出心里的是非的模样来……"

这是处世法的精义，只要黄河不流到脚下，炸弹不落在身边，可以保管一世没有挫折的。但我恐怕青年人未必以我的话为然；便是中年，老年人，也许要以为我是在教坏了他们的子弟。呜呼，那么，一片苦心，竟是白费了。

然而倘说中国现在正如唐虞盛世，却又未免是"世故"之谈。耳闻目睹的不算，单是看看报章，也就可以知道社会上有多少不平，人们有多少冤抑。但对于这些事，除了有时或有同业，同乡，同族的人们来说几句呼吁的话之外，利害无关的人的义愤的声音，我们是很少听到的。这很分明，是大家不开口；或者以为和自己不相干；或者连"以为和自己不相干"的意思也全没有。"世故"深到不自觉其"深于世故",这才真是"深于世故"的了。这是中国处世法的精义中的精义。

而且,对于看了我的劝导青年人的话,心以为非的人物,我还有一下反攻在这里。他是以我为狡猾的。但是,我的话里,一面固然显示着我的狡猾,而且无能,但一面也显示着社会的黑暗。他单责个人,正是最稳妥的办法,倘使兼责社会,可就得站出去战斗了。责人的"深于世故"而避开了"世"不谈,这是更"深于世故"的玩艺,倘若自己不觉得,那就更深更深了,离三昧境盖不远矣。

不过凡事一说,即落言筌,不再能得三昧。说"世故三昧"者,即非"世故三昧"。三昧真谛,在行而不言;我现在一说"行而不言",却又失了真谛,离三昧境盖益远矣。

一切善知识,心知其意可也,唵!

作文秘诀

鲁迅

现在竟还有人写信来问我作文的秘诀。

我们常常听到：拳师教徒弟是留一手的，怕他学全了就要打死自己，好让他称雄。在实际上，这样的事情也并非全没有，逢蒙杀羿就是一个前例。逢蒙远了，而这种古气是没有消尽的，还加上了后来的"状元瘾"，科举虽然久废，至今总还要争"唯一"，争"最先"。遇到有"状元瘾"的人们，做教师就危险，拳棒教完，往往免不了被打倒，而这位新拳师来教徒弟时，却以他的先生和自己为前车之鉴，就一定留一手，甚而至于三四手，于是拳术也就"一代不如一代"了。

还有，做医生的有秘方，做厨子的有秘法，开点心铺子的有秘传，为了保全自家的衣食，听说这还只授儿妇，不教女儿，以免流传到别人家里去，"秘"是中国非常普遍的东西，连关于国家大事的会议，也总是"内容非常秘密"，大家不知道。但是，作文却好像偏偏并无秘诀，假使有，每个作家一定是传给子孙的了，然而祖传的作家很少见。自然，作家的孩子们，从小看惯书籍纸笔，眼格也许比较的可以大一点罢，不过不见得就会做。目下的刊物上，虽然常见什么"父子作家""夫妇作家"的名称，仿佛真能从遗嘱或情书中，密授一些什么秘诀一样，其实乃是肉麻当有趣，妄将做官的关系，用到作文上去了。

那么，作文真就毫无秘诀么？却也并不。我曾经讲过几句做古文的秘诀，是要通篇都有来历，而非古人的成文；也就是通篇是自己做的，而又全非自己所做，个人其实并没有说什么；也就是"事出有因"，而又"查无实据"。到这样，便"庶几乎免于大过也矣"了。简而言之，实不过要做得"今天天气，哈哈哈……"而已。

这是说内容。至于修辞，也有一点秘诀：一要蒙胧，二要难懂。那方法，是：缩短句子，多用难字。譬如罢，作文论秦朝事，写一句"秦始皇乃始烧书"，是不算好文章的，必须翻译一下，使它不容易一目了然才好。这时就用得着《尔雅》、《文选》了，其实是只要不给别人知道，查查《康熙字典》也不妨的。动手来改，成为"始皇始焚书"，就有些"古"起来，到得改成"政俶燔典"，那就简直有了班马气，虽然跟着也令人不大看得懂。但是这样的做成一篇以至一部，是可以被称为"学者"的，我想了半天，只做得一句，所以只配在杂志上投稿。

我们的古之文学大师，就常常玩着这一手。班固先生的"紫色蛙声，余分闰位"，就将四句长句，缩成八字的；扬雄先生的"蠢迪检柙"，就将"动由规矩"这四个平常字，翻成难字的。《绿野仙踪》记塾师咏"花"，有句云："媳钗俏矣儿书废，哥罐闻焉嫂棒伤。"自说意思，是儿妇折花为钗，虽然俏丽，但恐儿子因而废读；下联较费解，是他的哥哥折了花来，没有花瓶，就插在瓦罐里，以嗅花香，他嫂嫂为防微杜渐起见，竟用棒子连花和罐一起打坏了。这算是对于冬烘先生的嘲笑。然而他的作法，其实是和扬班并无不合的，错只在他不用古典而用新典。这一个所谓"错"，就使《文选》之类在遗老遗少们的心眼里保住了威灵。

做得蒙胧，这便是所谓"好"么？答曰：也不尽然，其实是不过掩了丑。但是，"知耻近乎勇"，掩了丑，也就仿佛近乎好了。摩登女郎披下头发，中年妇人罩上面纱，就都是蒙胧术。人类学家解释衣服的起源有三说：一说是因为男女知道了性的羞耻心，用这来遮羞；一说却以为倒是用这来刺激；还有一种是说因为老弱男女，身体衰瘦，露着不好看，盖上一些东西，借此掩掩丑的。从修辞学的立场上看起来，我赞成后一说。现在还常有骈四俪六，典丽堂皇的祭文，挽联，宣言，通电，我们倘去查字典，翻类书，剥去它外面的装饰，翻成白话文，试看那剩下的是怎样的东西呵！？

不懂当然也好的。好在哪里呢？即好在"不懂"中。但所虑的是好到令人不能说好丑，所以还不如做得它"难懂"：有一点懂，而下一番苦功之后，所懂的也比较的多起来。我们是向来很有崇拜"难"的脾气的，每餐吃三碗饭，谁也不以为奇，有人每餐要吃十八碗，就郑重其事地写在笔记上；用手穿针没有人看，用脚穿针就可以搭帐篷卖钱；一幅画片，平淡无奇，装在匣子里，挖一个洞，化为西洋镜，人们就张着嘴热心地要看了。况且同是一事，费了苦功而达到的，也比并不费力而达到可贵。譬如到什么庙里去烧香罢，到山上的，比到平地上的可贵；三步一拜才到庙里的庙，和坐了轿子一径抬到的庙，即使同是这庙，在到达者的心里的可贵的程度是大有高下的。作文之贵乎难懂，就是要使读者三步一拜，这才能够达到一点目的的妙法。

写到这里，成了所讲的不但只是做古文的秘诀，而且是做骗人的古文的秘诀了。但我想，做白话文也没有什么大两样，因为它也可以夹些僻字，加上蒙胧或难懂，来施展那变戏法的障眼的手巾的。倘要反一调，就是"白描"。

"白描"却并没有秘诀。如果要说有，也不过是和障眼法反一调：有真意，去粉饰，少做作，勿卖弄而已。

父母的责任

朱自清

在很古的时候，做父母的对于子女，是不知道有什么责任的。那时的父母以为生育这件事是一种魔术，由于精灵的作用；而不知却是他们自己的力量。所以那时实是连"父母"的观念也很模糊的；更不用说什么责任了！（哈蒲浩司曾说过这样的话）他们待遇子女的态度和方法，推想起来，不外根据于天然的爱和传统的迷信这两种基础；没有自觉的标准，是可以断言的。后来人知进步，精灵崇拜的思想，慢慢地消除了；一班做父母的便明白子女只是性交的结果，并无神怪可言。但子女对父母的关系如何呢？父母对子女的责任如何呢？那些当仁不让的父母便渐渐地有了种种主张了。且只就中国论，从孟子时候直到现在，所谓正统的思想，大概是这样说的：儿子是延续宗祀的，便是儿子为父母，父母的父母，……而生存。父母要教养儿子成人，成为肖子——小之要能挣钱养家，大之要能荣宗耀祖。但在现在，第二个条件似乎更加重要了。另有给儿子娶妻，也是父母重大的责任——不是对于儿子的责任，是对于他们的先人和他们自己的责任；因为娶媳妇的第一目的，便是延续宗祀！至于女儿，大家都不重视，甚至厌恶的也有。卖她为妓，为妾，为婢，寄养她于别人家，作为别人家的女儿；送她到育婴堂里，都是寻常而不要紧的事；至于看她作"赔钱货"，那是更普通了！在这样情势之下，父母对于女儿，几无责任可言！普通只是生了便养着；大了跟着母亲学些针黹，家事，等着嫁人。这些都没有一定的责任，都只由父母"随意为之"。只有嫁人，父母却要负些责任，但也颇轻微的。在这些时候，父母对儿子总算有了显明的责任,对女儿也算有了些责任。但都是从子女出生后起算的。至于出生前的责任,却是没有,大家似乎也不曾想到——向他们说起,只怕还要吃惊哩!在他们模糊的心里,大约只有"生儿子"、"多生儿子"两件,是在子女出生前希望的——却不是责任。虽然那些已过三十岁而没有生儿子的人,便去纳妾,吃补药,千方百计地想生儿子,但究竟也不能算是责任。所以这些做父母的生育子女,只是糊里糊涂给了他们一条生命!因此,无论何人,都有任意生育子女的权利。

近代生物科学及·人生科学的发展,使"人的研究"日益精进。"人的责任"的见解,因而起了多少的变化,对于"父母的责任"的见解,更有重大的改正。从生物科学里,我们知道子女非为父母而生存;反之,父母却大部分是为子女而生存!与其说"延续宗祀",不如说"延续生命"和"延续生命"的天然的要求相关联的,又有"扩大或发展生命"的要求,这却从前被习俗或礼教埋没了的,于今又抬起头来了。所以,现在的父母不应再将子女硬安在自己的型里,叫他们做"肖子",应该让他们有充足的力量,去自由发展,成功超越自己的人!至于子与女的应受平等待遇,由性的研究的人生科学所说明,以及现实生活所昭示,更其是显然了。这时的父母负了新科学所指定的责任,便不能像从前的随便。他们得知生育子女一面虽是个人的权利,一面更为重要的,却又是社会的服务,因而对于生育的事,以及相随的教养的事,便当负着社会的责任;不应该将子女只看作自己的后嗣而教养他们,应该将他们看作社会的后一代而教养他们!这样,女儿随意怎样待遇都可,和为家族与自己的利益而教养儿子的事,都该被抗议了。这种见解成为风气以后,将形成一种新道德:"做父母是'人的'最高尚、最神圣的义务和权利,又是最重大的服务社会的机会!"因此,做父母便不是一件轻率的、容易的事;人们在做父母以前,便不得不将自己的能力忖量一番了。——那些没有父母的能力而贸然做了父母,以致生出或养成身体上或心思上不健全的子女的,便将受社会与良心的制裁了。在这样社会里,子女们便都有福了。只是,惭愧说的，现在这种新道德还只是理想的境界！

依我们的标准看，在目下的社会里——特别注重中国的社会里，几乎没有负责任的父母！或者说，父母几乎没有责任！花柳病者，酒精中毒者，疯人，白痴都可公然结婚，生育子女！虽然也有人慨叹于他们的子女从他们接受的遗传的缺陷，但却从没有人抗议他们的生育的权利！因之，残疾的、变态的人便无减少的希望了！穷到衣食不能自用的人，却可生出许多子女；宁可让他们忍冻挨饿，甚至将他们送给人，卖给人，却从不怀疑自己的权利！也没有别人怀疑他们的权利！因之，流离失所的，和无教无养的儿童多了！这便决定了我们后一代的悲惨的命运！这正是一般作父母的不曾负着生育之社会的责任的结果。也便是社会对于生育这件事放任的结果。所以我们以为为了社会，生育是不应该自由的；至少这种自由是应该加以限制的！不独精神，身体上有缺陷的，和无养育子女的经济的能力的应该受限制；便是那些不能教育子女，乃至不能按着子女自己所需要和后一代社会所需要而教育他们的，也当受一种道德的制裁。——教他们自己制裁，自觉地不生育，或节制生育。现在有许多富家和小资产阶级的孩子，或因父母溺爱，或因父母事务忙碌，不能有充分的受良好教育的机会，致不能养成适应将来的健全的人格；有些还要受些祖传老店"子曰铺"里的印板教育，那就格外不会有新鲜活泼的进取精神了！在子女多的家庭里，父母照料更不能周全，便更易有这些倾向！这种生育的流弊，虽没有前面两种的厉害，但足以为"进步"的重大的阻力，则是同的！并且这种流弊很通行，——试看你的朋友，你的亲戚，你的家族里的孩子，乃至你自己的孩子之中，有哪个真能"自遂其生"的！你将也为他们的——也可说我们的——运命担忧着吧。——所以更值得注意。

现在生活程度渐渐高了，在小资产阶级里，教养一个子女的费用，足以使家庭的安乐缩小，子女的数和安乐的量恰成反比例这件事，是很显然了。那些贫穷的人也觉得子女是一种重大的压迫了。其实这些情形从前也都存在，只没有现在这样叫人感着吧了。在小资产阶级里，新兴的知识阶级最能锐敏地感到这种痛苦。可是大家虽然感着，却又觉得生育的事是"自然"所支配，非人力所能及，便只有让命运去决定了。直到近两年，生物学的知识，尤其是优生学的知识，渐渐普及于一般知识阶级，于是他们知道不健全的生育是人力可以限制的了。去年山顺夫人来华，传播节育的理论与方法，影响特别的大；从此便知道不独不健全的生育可以限制，便是健全的生育，只要当事人不愿意，也可自由限制的了。于是对于子女的事，比较出生后，更其注重出生前了；于是父母在子女的出生前，也有显明的责任了。父母对于生育的事，既有自由权力，则生出不健全的子女，或生出子女而不能教养，便都是他们的过失。他们应该受良心的责备，受社会的非难！而且看"做父母"为重大的社会服务，从社会的立场估计时，父母在子女出生前的责任，似乎比子女出生后的责任反要大哩！以上这些见解，目下虽还不能成为风气，但确已有了肥嫩的萌芽至少在知识阶级里。我希望知识阶级的努力，一面实行示范，一面尽量将这些理论和方法宣传，到最僻远的地方里，到最下层的社会里；等到父母们不但"知道"自己背上"有"这些责任，并且"愿意"自己背上"负"这些责任，那时基于优生学和节育论的新道德便成立了。

这是我们子孙的福音！

在最近的将来里，我希望社会对于生育的事有两种自觉的制裁：一，道德的制裁，二，法律的制裁。身心有缺陷者，如前举花柳病者等，该用法律去禁止他们生育的权利，便是法律的制裁。这在美国已有八州实行了。但施行这种制裁，必需具备几个条件，才能有效。一要医术发达，并且能得社会的信赖；二要户籍登记的详确（如遗传性等，都该载入）；三要举行公众卫生的检查；四要有公正有力的政府；五要社会的宽容。这五种在现在的中国，一时都还不能做到，所以法律的制裁便暂难实现；我们只好从各方面努力罢了。但禁止"做父母"的事，虽然还不可能，劝止"做父母"的事，却是随时，随地可以作的。教人知道父母的责任，教人知道现在的做父母应该是自由选择的结果，——就是人们于生育的事，可以自由去取——教人知道不负责及不能负责的父母是怎样不合理，怎样损害社会，怎样可耻！这都是爱作就可以作的。这样给人一种新道德的标准去自己制裁，便是社会的道德的制裁的出发点了。

所以道德的制裁，在现在便可直接去着手建设的。并且在这方面努力的效果，也容易见些。况不适当的生育当中，除那不健全的生育一项，将来可以用法律制裁外，其余几种似也非法律之力所能及，便非全靠道德去制裁不可。因为，道德的制裁的事，不但容易着手，见效，而且是更为重要；我们的努力自然便该特别注重这一方向了！

不健全的生育，在将来虽可用法律制裁，但法律之力，有时而穷，仍非靠道德辅助不可；况法律的施行，有赖于社会的宽容，而社会宽容的基础，仍必筑于道德之上。所以不健全的生育，也需着道德的制裁；在现在法律的制裁未实现的时候，尤其是这样！花柳病者，酒精中毒者，……我们希望他们自己觉得身体的缺陷，自己忏悔自己的罪孽；便借着忏悔的力量，决定不将罪孽传及子孙，以加重自己的过恶！这便自己剥夺或停止了自己做父母的权利。但这种自觉是很难的。所以我们更希望他们的家族、亲友，时时提醒他们，监视他们，使他们警觉！关于疯人、白痴，则简直全无自觉可言；那是只有靠着他们保护人，家族、亲友的处置了。在这种情形里，我们希望这些保护人等能明白生育之社会的责任及他们对于后一代应有的责任，而知所戒惧，断然剥夺或停止那有缺陷的被保护者的做父母的权利！这几类人最好是不结婚或和异性隔离；至少也当用节育的方法使他们不育！至于说到那些穷到连"养育"子女也不能的，我们教他们不滥育，是很容易得他们的同情的。只需教给他们最简便省钱的节育的方法，并常常向他们恳切地说明和劝导，他们便会渐渐地相信，奉行的。但在这种情形里，教他们相信我们的方法这过程，要比较难些；因为这与他们信自然与命运的思想冲突，又与传统的多子孙的思想冲突——他们将觉得这是一种罪恶，如旧日的打胎一样；并将疑惑这或者是洋人的诡计，要从他们的身体里取出什么的！但是传统的思想，在他们究竟还不是固执的，魔术的怀疑因了宣传方法的巧妙和时日的长久，也可望减缩的；而经济的压迫究竟是眼前不可避免的实际的压迫，他们难以抵抗的！所以只要宣传的得法，他们是容易渐渐地相信，奉行的。只有那些富家——官僚或商人——和有些小资产阶级，这道德的制裁的思想是极难侵入的！他们有相当的经济的能力，有固执的传统的思想，他们是不会也不愿知道生育是该受限制的；他们不知道什么是不适当的生育！他们只在自然地生育子女，以传统的态度与方法待遇他们，结果是将他们装在自己的型里，作自己的牺牲！这样尽量摧残了儿童的个性与精神生命的发展，却反以为尽了父母的责任！这种误解责任较不明责任实在还要坏；因为不明的还容易纳入忠告，而误解的则往往自以为是，拘执不肯更变。这种人实在也不配做父母！因为他们并不能负真正的责任。我们对于这些人，虽觉得很不容易使他们相信我们，但总得尽我们的力量使他们能知道些生物进化和社会进化的道理，使他们能以儿童为本位，能"理解他们，指导他们，解放他们"；这样改良从前一切不适当的教养方法。并且要使他们能有这样决心：在他们觉得不能负这种适当的教养的责任，或者不愿负这种责任时，更应该断然采取节育的办法，不再因循，致误人误己。这种宣传的事业，自然当由新兴的知识阶级担负；新兴的知识阶级虽可说也属于小资产阶级里，但关于生育这件事，他们特别感到重大的压迫，因有了彻底的了解，觉醒的态度，便与同阶级的其余部分不同了。

但是还有一个问题留着：现存的由各种不适当的生育而来的子女们，他们的父母将怎样为他们负责呢？我以为花柳病者等一类人的子女，只好任凭自然先生去下辣手，只不许谬种再得流传便了。贫家子女父母无力教养的，由社会设法尽量收容他们，如多设贫儿院等。但社会收容之力究竟有限的，大部分只怕还是要任凭自然先生去处置的！这是很悲惨的事，但经济组织一时既还不能改变，又有什么法儿呢？我们只好"尽其在人"罢了。至于那些以长者为本位而教养儿童的，我们希望他们能够改良，前节已说过了。还有新兴的知识阶级里现在有一种不愿生育子女的倾向；他们对于从前不留意而生育的子女，常觉得冷淡，甚至厌恶，因而不愿为他们尽力。在这里，我要明白指出，生物进化，生命发展的最重要的原则，是前一代牺牲于后一代，牺牲是进步的一个阶梯！愿他们——其实我也在内——为了后一代的发展，而牺牲相当的精力于子女的教养；愿他们以极大的忍耐，为子女们将来的生命筑坚实的基础，愿他们牢记自己的幸福，同时也不要忘了子女们的幸福！这是很要些涵养工夫的。总之，父母的责任在使子女们得着好的生活，并且比自己的生活好的生活；一面也使社会上得着些健全的、优良的、适于生存的分子；是不能随意的。

为使社会上适于生存的日多，不适于生存的日少，我们便重估了父母的责任：

父母不是无责任的。

父母的责任不应以长者为本位，以家族为本位；应以幼者为本位，社会为本位。

我们希望社会上父母都负责任；没有不负责任的父母！"做父母是人的最高尚、最神圣的义务和权利，又是最重大的服务社会的机会"，这是生物学、社会学所指给的新道德。

既然父母的责任由不明了到明了是可能的，则由不正确到正确也未必是不可能的；新道德的成立，总在我们的努力，比较父母对子女的责任尤其重大的，这是我们对一切幼者的责任！努力努力！

初到清华记

朱自清

从前在北平读书的时候，老在城圈儿里呆着。四年中虽也游过三五回西山，却从没来过清华；说起清华，只觉得很远很远而已。那时也不认识清华人，有一回北大和清华学生在青年会举行英语辩论，我也去听。清华的英语确是流利得多，他们胜了。那回的题目和内容，已忘记干净；只记得复辩时，清华那位领袖很神气，引着孔子的什么话。北大答辩时，开头就用了 furiously 一个字叙述这位领袖的态度。这个字也许太过，但也道着一点儿。那天清华学生是坐大汽车进城的，车便停在青年会前头；那时大汽车还很少。那是冬末春初，天很冷。一位清华学生在屋里只穿单人褂，将出门却套上厚厚的皮大氅。这种"行"和"衣"的路数，在当时却透着一股标劲儿。

初来清华，在十四年夏天。刚从南方来北平，住在朝阳门边一个朋友家。那时教务长是张仲述先生，我们没见面。我写信给他，约定第三天上午去看他。写信时也和那位朋友商量过，十点赶得到清华么，从朝阳门哪儿？他那时已经来过一次，但似乎只记得"长林碧草"，——他写到南方给我的信这么说——说不出路上究竟要多少时候。他劝我八点动身，雇洋车直到西直门换车，免得老等电车，又换来换去的，耽误事。那时西直门到清华只有洋车直达；后来知道也可以搭香山汽车到海淀再乘洋车，但那是后来的事了。

第三天到了，不知是起得晚了些还是别的，跨出朋友家，已经九点挂零。心里不免有点儿急，车夫走得也特别慢似的。到西直门换了车。据车夫说本有条小路，雨后积水，不通了；那只得由正道了。刚出城一段儿还认识，因为也是去万生园的路；以后就茫然。到黄庄的时候，瞧着些屋子，以为一定是海甸了；心里想清华也就快到了吧，自己安慰着。快到真的海淀时，问车夫，"到了吧？""没哪。这是海——淀。"这一下更茫然了。海淀这么难到，清华要何年何月呢？而车夫说饿了，非得买点儿吃的。吃吧，反正豁出去了。这一吃又是十来分钟。说还有三里多路呢。那时没有燕京大学，路上没什么看的，只有远处淡淡的西山——那天没有太阳——略略可解闷儿。好容易过了红桥，喇嘛庙，渐渐看见两行高柳，像穿门一般。十刹海的垂杨虽好，但没有这么多这么深，那时路上只有我一辆车，大有长驱直入的神气。柳树前一面牌子，写着"入校车马缓行"；这才真到了，心里想，可是大门还够远的，不用说西院门又骗了我一次，又是六七分钟，才真真到了。坐在张先生客厅里一看钟，十二点还欠十五分。

张先生住在乙所，得走过那"长林碧草"，那浓绿真可醉人。张先生客厅里挂着一副有正书局印的邓完白隶书长联。我有一个会写字的同学，他喜欢邓完白，他也有这一副对联；所以我这时如见故人一般。张先生出来了。他比我高得多，脸也比我长得多。一眼看出是个顶能干的人。我向他道歉来得太晚，他也向我道歉，说刚好有个约会，不能留我吃饭。谈了不大工夫，十二点过了，我告辞。到门口，原车还在，坐着回北平吃饭去。过了一两天，我就搬行李来了。这回却坐了火车，是从环城铁路朝阳门站上车的。

以后城内城外来往的多了，得着一个诀窍；就是在西直门一上洋车，且别想"到"清华，不想着不想着也就到了。——香山汽车也搭过一两次，可真够瞧的。两条腿有时候简直无放处，恨不得不是自己的。有一回，在海淀下了汽车,在现在"西园"后面那个小饭馆里,拣了临街一张四方桌,坐在长凳上,要一碟苜蓿肉,两张家常饼,二两白玫瑰,吃着喝着,也怪有意思;而且还在那桌上写了《我的南方》一首歪诗。那时海甸到清华一路常有穷女人或孩子跟着车要钱。他们除"您修好"等等常用语句外,有时会说"您将来做校长",这是别处听不见的。

宗月大师

老舍

在我小的时候，我因家贫而身体很弱。我九岁才入学。因家贫体弱，母亲有时候想教我去上学，又怕我受人家的欺侮，更因交不上学费，所以一直到九岁我还不识一个字。说不定，我会一辈子也得不到读书的机会。因为母亲虽然知道读书的重要，可是每月间三四吊钱的学费，实在让她为难。母亲是最喜脸面的人。她迟疑不决，光阴又不等待着任何人，荒来荒去，我也许就长到十多岁了。一个十多岁的贫而不识字的孩子，很自然地去作个小买卖——弄个小筐，卖些花生、煮豌豆，或樱桃什么的。要不然就是去学徒。母亲很爱我，但是假若我能去作学徒，或提篮沿街卖樱桃而每天赚几百钱，她或者就不会坚决地反对。穷困比爱心更有力量。

有一天刘大叔偶然地来了。我说"偶然地"，因为他不常来看我们。他是个极富的人，尽管他心中并无贫富之别，可是他的财富使他终日不得闲，几乎没有工夫来看穷朋友。一进门，他看见了我。"孩子几岁了？上学没有？"他问我的母亲。他的声音是那么洪亮，（在酒后，他常以学喊俞振庭的《金钱豹》自傲）他的衣服是那么华丽，他的眼是那么亮，他的脸和手是那么白嫩肥胖，使我感到我大概是犯了什么罪。我们的小屋，破桌凳，土炕，几乎禁不住他的声音的震动。等我母亲回答完，刘大叔马上决定："明天早上我来，带他上学，学钱、书籍，大姐你都不必管！"我的心跳起多高，谁知道上学是怎么一回事呢！

第二天，我像一条不体面的小狗似的，随着这位阔人去入学。学校是一家改良私塾，在离我的家有半里多地的一座道士庙里。庙不甚大，而充满了各种气味：一进山门先有一股大烟味，紧跟着便是糖精味，（有一家熬制糖球糖块的作坊）再往里，是厕所味，与别的臭味。学校是在大殿里。大殿两旁的小屋住着道士，和道士的家眷。大殿里很黑、很冷。神像都用黄布挡着，供桌上摆着孔圣人的牌位。学生都面朝西坐着，一共有三十来人。西墙上有一块黑板——这是"改良"私塾。老师姓李，一位极死板而极有爱心的中年人。刘大叔和李老师"嚷"了一顿，而后教我拜圣人及老师。老师给了我一本《地球韵言》和一本《三字经》。我于是，就变成了学生。

自从作了学生以后，我时常地到刘大叔的家中去。他的宅子有两个大院子，院中几十间房屋都是出廊的。院后，还有一座相当大的花园。宅子的左右前后全是他的房屋，若是把那些房子齐齐地排起来，可以占半条大街。此外，他还有几处铺店。每逢我去，他必招呼我吃饭，或给我一些我没有看见过的点心。他绝不以我为一个苦孩子而冷淡我，他是阔大爷，但是他不以富傲人。

在我由私塾转入公立学校去的时候，刘大叔又来帮忙。这时候，他的财产已大半出了手。他是阔大爷，他只懂得花钱，而不知道计算。人们吃他，他甘心教他们吃；人们骗他，他付之一笑。他的财产有一部分是卖掉的，也有一部分是被人骗了去的。他不管；他的笑声照旧是洪亮的。

到我在中学毕业的时候，他已一贫如洗，什么财产也没有了，只剩了那个后花园。不过,在这个时候,假若他肯用用心思,去调整他的产业,他还能有办法教自己丰衣足食,因为他的好多财产是被人家骗了去的。可是,他不肯去请律师。贫与富在他心中是完全一样的。假若在这时候,他要是不再随便花钱,他至少可以保住那座花园,和城外的地产。可是,他好善。尽管他自己的儿女受着饥寒,尽管他自己受尽折磨,他还是去办贫儿学校、粥厂,等等慈善事业。他忘了自己。就是在这个时候,我和他过往的最密。他办贫儿学校,我去作义务教师。他施舍粮米,我去帮忙调查及散放。在我的心里,我很明白:放粮放钱不过只是延长贫民的受苦难的日期,而不足以阻拦住死亡。但是,看刘大叔那么热心,那么真诚,我就顾不得和他辩论,而只好也出点力了。即使我和他辩论,我也不会得胜,人情是往往能战胜理智的。

在我出国以前,刘大叔的儿子死了。而后,他的花园也出了手。他入庙为僧,夫人与小姐入庵为尼。由他的性格来说,他似乎势必走入避世学禅的一途。但是由他的生活习惯上来说,大家总以为他不过能念念经,布施布施僧道而已,而绝对不会受戒出家。他居然出了家。在以前,他吃的是山珍海味,穿的是绫罗绸缎。他也嫖也赌。现在,他每日一餐,入秋还穿着件夏布道袍。这样苦修,他的脸上还是红红的,笑声还是洪亮的。对佛学,他有多么深的认识,我不敢说。我却真知道他是个好和尚,他知道一点便去作一点,能作一点便作一点。他的学问也许不高,但是他所知道的都能见诸实行。

出家以后,他不久就作了一座大寺的方丈。可是没有好久就被驱除出来。他是要作真和尚,所以他不惜变卖庙产去救济苦人。庙里不要这种方丈。一般地说,方丈的责任是要扩充庙产,而不是救苦救难的。离开大寺,他到一座没有任何产业的庙里作方丈。他自己既没有钱,他还须天天为僧众们找到斋吃。同时,他还举办粥厂等等慈善事业。他穷,他忙,他每日只进一顿简单的素餐,可是他的笑声还是那么洪亮。他的庙里不应佛事,赶到有人来请,他便领着僧众给人家去唪真经，不要报酬。他整天不在庙里，但是他并没忘了修持；他持戒越来越严，对经义也深有所获。他白天在各处筹钱办事，晚间在小室里作工夫。谁见到这位破和尚也不曾想到他曾是个在金子里长起来的阔大爷。

去年，有一天他正给一位圆寂了的和尚念经，他忽然闭上了眼，就坐化了。火葬后，人们在他的身上发现许多舍利。

没有他，我也许一辈子也不会入学读书。没有他，我也许永远想不起帮助别人有什么乐趣与意义。他是不是真的成了佛？我不知道。但是，我的确相信他的居心与言行是与佛相近似的。我在精神上物质上都受过他的好处，现在我的确愿意他真的成了佛，并且盼望他以佛心引领我向善，正像在三十五年前，他拉着我去入私塾那样！

他是宗月大师。

文字生涯

孙犁

二十年代中期,我在保定上中学。学校有一个月刊,文艺栏刊登学生的习作。

我的国文老师谢先生是海音社的诗人,他出版的诗集,只有现在的袖珍月历那样大小,诗集的名字已经忘记了。

这证明他是"五四"以后,从事新文学运动的人物,但他教课,却喜欢讲一些中国古代的东西。另有一个特别的地方,是他从预备室走出来,除去眼睛总是望着天空,就是挟着一大堆参考书。到了课室,把参考书放在教桌上,也很少看他检阅,下课时又照样搬走,直到现在,我也没想通他这是所为何来。

每次发作文卷子的时候,如果谁的作文簿中间,夹着几张那种特大的稿纸,就是说明谁的作业要被他推荐给月刊发表了,同学们都特别重视这一点。

那种稿纸足足有现在的《参考消息》那样大,我想是因为当时的排字技术低,稿纸的行格,必须符合刊物实际的格式。

在初中几年间，我有幸在这种大稿纸上抄写过自己的作文，然后使它变为铅字印成的东西。高中时反而不能，大概是因为换了老师的缘故吧。

学校毕业以后，我也曾有靠投稿维持生活的雄心壮志，但不久就证明是一种痴心妄想，只好去当小学教师。这样一日三餐，还有些现实可能性，虽然也很不保险。

生活在青年人的面前，总是要展开新的局面的。伟大的抗日战争爆发了，写作竟出乎意料地成为我后半生的主要职业。

抗日战争，在中国共产党领导之下，是有枪出枪，有力出力。我的家乡有些子弟就是跟着枪出来抗日的。至于我们，则是带着一支笔去抗日。没有朱砂，红土为贵。穷乡僻壤，没有知名的作家，我们就不自量力地在烽火遍野的平原上驰骋起来。

油印也好，石印也好，破本草纸也好，黑板土墙也好，都是我们发表作品的场所。也不经过审查，也不组织评论，也不争名次前后，大家有作品就拿出来。群众认为：你既不能打枪，又不能放炮，写写稿件是你的职责；领导认为：你既是文艺干部，写得越多越快越好。

现在回想起来，那时的写作，真正是一种尽情纵意，得心应手，既没有干涉，也没有限制，更没有私心杂念的，非常愉快的工作。这是初生之犊，又遇到了好的时候：大敌当前，事业方兴，人尽其才，物尽其用。

全国解放以后，则是另外一种情形。思想领域的斗争被强调了，文艺作品的倾向，常常和政治斗争联系起来，作家在犯错误后，就一蹶不振。在写作上，大家开始执笔踌躇，小心翼翼起来。

但在解放初，战争时期的余风犹烈，进城以后，我还是写了不少东西。一九五六年大病之后，就几乎没有写。加上一九六六年以后的十年，我在写作上的空白阶段，竟达二十年之久。

人被"解放"以后，仍住在被迫迁居的一间小屋里。没有书看，从一个朋友的孩子那里借来一册大学用的文学教材，内有历代重要作品及其作者的介绍，每天抄录一篇来诵读。

患难余生，痛定思痛。我居然发哲人的幽思，想到一个奇怪的问题：在历史上，这些作者的遭遇，为什么都如此不幸呢？难道他们都是糊涂虫？假如有些聪明，为什么又都像飞蛾一样，情不自禁地投火自焚？我掩卷思考。思考了很长时间，得出这样一个答案：这是由文学事业的特性决定的。是现实主义促使他们这样干，是浪漫主义感召他们这样干。说得冠冕一些，他们是为正义斗争，是为人生斗争。文学是最忌讳说诳话的。文学要反映的是社会现实。文学是要有理想的，表现这种理想需要一种近于狂放的热情。有些作家遇到的不幸，有时是因为说了天真的实话，有时是因为过于表现了热情。

按作品来说，天才莫过于司马迁。这样一个能把三皇五帝以来的，错综复杂的历史，勒成他一家之言，并评论其得失，成为天下定论的人，竟因一语之不投机，下于蚕室，身受腐刑。他描绘了那么多的人物，难道没有从历史上吸取任何一点可以用之于自身的经验教训吗？

班固完成了可与《史记》媲美的《汉书》，他特别评论了他的先驱者司马迁，保存了那篇珍贵的材料——《报任少卿书》，使司马迁的不幸遭遇留传后世。

班固的评论，是何等高超，多么有见识，但是，他竟因为投身于一个武人的幕下，最后瘐死狱中。对于自己，又何其缺乏先见之明啊！

历史经验，历史教训，即使是前人真正用血写下的，也并不是一定就能接受下来。历史情况，名义和手法在不断变化。例如，在二十世纪之末，世界文明高度发展之时，竟会出现林彪、"四人帮"，梦想在社会主义的中国，建立封建王朝。在文化革命的旗帜之下，企图灭绝几千年的民族文化。遂使艺苑凋残，文士横死，人民受辱，国家遭殃。这一切，确非头脑单纯，感情用事的作家们所能预见得到的。

鲁迅说过，读中国旧书，每每使人意志消沉，在经历一番患难之后，尤其容易如此。我有时也想：恐怕还是东方朔说得对吧，人之一生，一龙一蛇。或者准声而歌，投迹而行，会减少一些危险吧？

这些想法都是很不健康，近于伤感的。一个作家，不能够这样，也不应该这样。如上所述，作家永远是现实生活的真美善的卫道士。他的职责就是向邪恶虚伪的势力进行战斗。

既是战斗，就可能遇到各色敌人，也可能遇到各种的牺牲。

在"四人帮"还没被揭露之前，有人几次对我说：写点东西吧，亮亮相吧。我说，不想写了，至于相，不是早已亮过了吗？在运动期间，我们不只身受凌辱，而且画影图形，传檄各地。老实讲，在这一时期，我不仅没有和那些帮派文人一校短长的想法，甚至耻于和他们共同使用那些铅字，在同一个版面上出现。

这时，我从劳动的地方回来，被允许到文艺组上班了。经过几年风雨，大楼的里里外外，变得破烂、凌乱、拥挤。但人们的精神面貌好像已经渐渐地从前几年的狂乱、疑忌、歇斯底里状态中恢复过来。一位调离这里的老同志留给我一张破桌子。据说好的办公桌都叫进来占领新闻阵地的人占领了。

我自己搬来一张椅子，在组里坐下来。组长向全组宣布了我的工作：登记来稿，复信；并郑重地说：不要把好稿退走了。

说良心话，组长对我还过得去。他不过是担心我受封资修的毒深而且重，不能鉴赏帮八股的奥秘，而把他们珍视的好稿遗漏。

我是内行人，我知道我现在担任的是文书或见习编辑的工作。我开始拆开那些来稿，进行登记，然后阅读。据我看，来稿从质量看，较之前些年，大大降低了。作者们大多数极不严肃，文字潦草，内容雷同。语言都是从报上抄来。遵照组长的意旨，我把退稿信写好后，连同稿件推给旁边一位同事，请他复审。

我的中学时代

夏丏尊

十八岁那年，因了一位朋友的劝告，同到绍兴府学堂（即现在浙江第五中学的前身）入学。在那一二年中内地学堂已成立了不少。当时办学概依奏定学堂章程，学制很划一。县有县学堂，性质为现在的高小程度，府学堂则相当于现在的中学，省学堂相当于大学预科，京师大学堂即现在的所谓大学了。学堂的成立，并无一定顺序，我们绍属，是先有中学，后有小学的。府学堂学费不收，宿费更不须出，饭费只每月二元光景，并且学校由书院改设，书院制尚未全除，月考成绩若优，还有一元乃至几毛钱的"膏火"可得（膏火是书院时代的奖金名称，意思是灯油费）。读书不但可以不化钱，而且弄得好还有零用可获得的。

府学堂的科目记得为伦理、经学、国文、英文、史学、舆地、算术、格致（即现在的理化博物）、体操、测绘（用器画与地图），功课亦依程度编级，一如中西书院的办法。我因英文已有半年在家自修（每日三点钟）的成绩，居然大出风头，被排在程度顶高的一级里，算学与国文的班次也不低。同学之中年龄老大的很多，班级皆低于我，我于是颇受师友的青眼。

国文是一位王先生教的，选读《皇朝经世文编》，作文题是《范文正公为秀才时便以天下为己任》、《士先生器识而后文艺》之类。经学是徐先生(即刺恩铭的徐烈士)担任的，他叫我们读《公羊传》，上课时大发其微言大义。测绘也由这位徐先生担任。体操教师是一位日本人。他不会讲中国话，口令是用日本语的，故于最初就由他教我们几句体操用的日本语，如"立正"、"向前"之类。伦理教师最奇特，他姓朱，是绍兴有名的理学家，有长长的须髯，走路踱方步，写字仿朱子。他教我们学"洒扫应对"、"居敬存诚"，还教我们舞佾，拿了鸡尾似的劳什子作种种把戏。据他的主张，上课时书应端执在右手，不应挟在腋下，上班退班，都须依长幼之序"鱼贯而行"，不应作鸟兽散，见先生须作揖，表示敬意。我们虽不以为然，但却不去加以攻击，只以老古董相待罢了。

当时青年界激昂慷慨，充满着蓬勃的朝气，似乎都对于中国怀着相当的期待，不像现在的消沉幻灭。庚子事件经过不久，又当日俄战争，风云恶劣，大家都把一切罪恶归诸满人，以为只要满人推倒，国事是有希望了。《新民丛报》、《浙江朝》等杂志大受青年界的欢迎，报纸上的社论也大被注意阅读。那时恋爱尚未成为青年间的问题，出路的关心也不如现在的急切(因为读书人本来不大讲究出路)，三四朋友聚谈，动辄就把话题移到革命上去，而所谓革命者，内容就只是排满，并没有现在的复杂。见了留学生从日本回来，没有辫子，恨不得也去留学，可以把辫子剪去(当时普通人是不许剪辫子的)。见了花翎颜色顶子的官吏，就暗中憎恶，以为这是奴隶的装束。卢梭、罗兰夫人、马志尼等都因了《新民丛报》的介绍，在我们心胸里成了令人神往的理想人物。罗兰夫人的"自由，自由！天下几多罪恶假汝之名以行！"已成了摇笔即来的文章套语了。

我在这样的空气中过了半年中学生活，第二学期又辍学了。这次辍学，并非由于拿不出学费,乃是为了要代替父亲坐馆。原来,父亲在一年来已在家授徒了,一则因邻近有许多小孩要请人教书,二则父亲嫌家里房屋太大,住了太寂寞,于是就在家里设起书塾来。来读的是几个族里与邻家的小孩。中途忽然有一位朋友要找父亲去替他帮忙,为了友谊与家计,都非去不可。书馆是不能中途解散的,家里又无男子,很不放心,于是就叫我辍学代庖。功课当然是我所教得来的。学生不多,时间很有余暇,于是一边教书,一边仍行自修。家里人颇思叫我永继父职,就长此教书下去,本乡小学校新立,也邀我去充教习,但我总觉得于心不甘。

恰好有一个亲戚的长辈从日本留学法政回来,说日本如何如何地好,求学如何如何地便利。我对于日本留学梦想已久了,听了他的话,心乃愈动。父母并不大反对,只是经费无着。乃遍访亲友借贷,很费力地集了五百元,冒险赴日。

当时赴日留学,几成为一种风气,东京有一个弘文学院,就是专为中国留学生办的,普通科二年毕业,除教日语外,兼教中学课程。凡想进专门以上的学校的,大概都在那里预备。我因学费不足两年的用度,乃于最初数月请一日本人专教日文,中途插入弘文学院普通科去,总算我的自修有效,英算各科居然尚能衔接赶上。在那里将毕业的前二三月,我不待毕业就去跨考,结果幸而被录,当时规定,入了官立专门学校,就有官费的。而浙江因人多不能照办,我入高工后快将一年,犹领不到官费,家中为我已负债不少,结果乃又不得不中途辍学回国,谋职糊口。我的中学时代就此结束了。那时我年二十一岁。

第三部分

你当微笑，不失力量

如果可以软弱，谁愿意一直那么坚强？我无法告诉你要做什么，我只能给你一点温暖，一个微笑。或许这微笑，会让你更有力量。

跟着自己的兴趣走

胡适

目前很多学生选择科系时，从师长的眼光看，都不免带有短见，倾向于功利主义方面。天才比较高的都跑到医工科去，而且只走入实用方面，而又不选择基本学科，譬如学医的，内科、外科、产科、妇科，有很多人选，而基本学科譬如生物化学、病理学，很少青年人去选读，这使我感到今日的青年不免短视，带着近视眼镜去看自己的前途与将来。我今天头一项要讲的，就是根据我们老一辈的对选科系的经验，贡献给各位。我讲一段故事。

记得四十八年前，我考取了官费出洋，我的哥哥特地从东三省赶到上海为我送行，临行时对我说，我们的家早已破坏中落了，你出国要学些有用之学，帮助复兴家业，重振门楣，他要我学开矿或造铁路，因为这是比较容易找到工作的，千万不要学些没用的文学、哲学之类没饭吃的东西。我说好的，船就要开了，那时和我一起去美国的留学生共有七十人，分别进入各大学。在船上我就想，开矿没兴趣，造铁路也不感兴趣，于是只好采取调和折衷的办法，要学有用之学，当时康奈尔大学有全美国最好的农学院，于是就决定进去学科学的农学，也许对国家社会有点贡献吧！那时进康大的原因有二：一是康大有当时最好的农学院，且不收学费，而每个月又可获得八十元的津贴；我刚才说过，我家破了产，母亲待养，那时我还没结婚，一切从命，所以可将部分的钱拿回养家。另一是我国有百分之八十的人是农民，将来学会了科学的农业，也许可以有益于国家。

入校后头一星期就突然接到农场实习部的信，叫我去报到。那时教授便问我："你有什么农场经验？"我答："没有。""难道一点都没有吗？""要有嘛，我的外公和外婆，都是地道的农夫。"教授说："这与你不相干。"我又说："就是因为没有，才要来学呀！"后来他又问："你洗过马没有？"我说："没有。"我就告诉他中国人种田是不用马的。于是老师就先教我洗马，他洗一面，我洗另一面。他又问我会套车吗，我说也不会。于是他又教我套车，我套一边，套好跳上去，兜一圈子。接着就到农场做选种的实习工作，手起了泡，但仍继续地忍耐下去。农复会的沈宗瀚先生写一本《克难苦学记》，要我和他作一篇序，我也就替他做一篇很长的序。我们那时学农的人很多，但只有沈宗瀚先生赤过脚下过田，是惟一确实有农场经验的人。学了一年，成绩还不错，功课都在八十五分以上。第二年我就可以多选两个学分，于是我选种果学，即种苹果学。分上午讲课与下午实习。上课倒没有什么，还甚感兴趣，下午实验，走入实习室，桌上有各色各样的苹果三十个，颜色有红的，有黄的，有青的……形状有圆的、有长的、有椭圆的、有四方的……要照着一本手册上的标准，去定每一苹果的学名，蒂有多长？花是什么颜色？肉是甜是酸？是软是硬？弄了两个小时。弄了半个小时一个都弄不了，满头大汗，真是冬天出大汗。抬头一看，呀！不对头，那些美国同学都做完跑光了，把苹果拿回去吃了。他们不需剖开，因为他们比较熟悉，查查册子后面的普通名词就可以定学名，在他们是很简单。我只弄了一半，一半又是错的。回去就自己问自己学这个有什么用？要是靠当时的活力与记性，用上一个晚上来强记，四百多个名字都可记下来应付考试。但试想有什么用呢？那些苹果在我国烟台也没有，青岛也没有，安徽也没有……我认为科学的农学无用了，于是决定改行，那时正是民国元年，国内正在革命的时候，也许学别的东西更有好处。

那么，转系要以什么为标准呢？依自己的兴趣呢？还是看社会的需要？我年轻时候《留学日记》，有一首诗，现在我也背不出来了。我选课用什么做标准？听哥哥的话？看国家的需要？还是凭自己？只有两个标准：一个是"我"；一个是"社会"，看看社会需要什么？国家需要什么？中国现代需要什么？但这个标准——社会上三百六十行，行行都需要，现在可以说三千六百行，从诺贝尔得奖人到修理马桶的，社会都需要，所以社会的标准并不重要。因此，在定主意的时候；便要依着自我的兴趣了——即性之所近，力之所能。我的兴趣在什么地方？与我性质相近的是什么？问我能做什么？对什么感兴趣？我便照着这个标准转到文学院了。但又有一个困难，文科要缴费，而从康大中途退出，要赔出以前二年的学费，我也顾不得这些。经过四位朋友的帮忙，由八十元减到三十五元，终于达成愿望。在文学院以哲学为主，英国文学、经济、政治学之门为副。后又以哲学为主，经济理论、英国文学为副科。到哥伦比亚大学后，仍以哲学为主，以政治理论、英国文学为副。我现在六十八岁了，人家问我学什么？我自己也不知道学些什么？我对文学也感兴趣，白话文方面也曾经有过一点小贡献。在北大，我曾做过哲学系主任、外国文学系主任、英国文学系主任，中国文学系也做过四年的系主任，在北大文学院六个学系中，五系全做过主任。现在我自己也不知道学些什么，我刚才讲过现在的青年大倾向于现实了，不凭性之所近，力之所能去选课。譬如一位有作诗天才的人，不进中文系学做诗，而偏要去医学院学外科，那么文学院便失去了一个一流的诗人，而国内却添了一个三四流甚至五流的饭桶外科医生，这是国家的损失，也是你们自己的损失。

在一个头等第一流的大学，当初日本筹划帝大的时候，真的计划远大，规模宏伟，单就医学院就比当初日本总督府还要大。科学的书籍都是从第一号编起。基础良好，我们接收已有十余年了，总算没有辜负当初的计划。今日台大可说是台湾惟一最完善的大学，各位不要有成见，带着近视眼镜来看自己的前途，看自己的将来。听说入学考试时有七十二个志愿可填，这样七十二变，变到最后不知变成了什么，当初所填的志愿，不要当作最后的决定，只当作暂时的方向。要在大学一、二年的时候，东摸摸西摸摸的瞎摸。不要有短见，十八九岁的青年仍没有能力决定自己的前途、职业。进大学后第一年到处去摸、去看，探险去，不知道的我偏要去学。如在中学时候的数学不好，现在我偏要去学，中学时不感兴趣，也许是老师不好。现在去听听最好的教授的讲课，也许会提起你的兴趣。好的先生会指导你走上一个好的方向，第一、二年甚至于第三年还来得及，只要依着自己"性之所近，力之所能"地做去，这是清代大儒章学诚的话。

现在我再说一个故事，不是我自己的，而是近代科学的开山大师——伽利略，他是意大利人，父亲是一个有名的数学家，他的父亲叫他不要学他这一行，学这一行是没饭吃的，要他学医。他奉命而去。当时意大利正是文艺复兴的时候，他到大学以后曾被教授和同学捧誉为"天才的画家"，他也很得意。父亲要他学医，他却发现了美术的天才。他读书的佛劳伦斯地方是一工业区，当地的工业界首领希望在这大学多造就些科学的人才，鼓励学生研究几何，于是在这大学里特为官儿们开设了几何学一科，聘请一位叫RICCi氏当教授。有一天，他打从那个地方过，偶然地定脚在听讲，有的官儿们在打瞌睡，而这位年轻的伽利略却非常感兴趣。于是不断地一直继续下去，趣味横生，便改学数学，由于浓厚的兴趣与天才，就决心去东摸摸西摸摸，摸出一条兴趣之路，创造了新的天文学、新的物理学，终于成为一位近代科学的开山大师。

大学生选择学科就是选择职业。我现在六十八岁了，我也不知道所学的是什么？希望各位不要学我这样老不成器的人。勿以七十二志愿中所填的一愿就定了终身，还没有的，就是大学二、三年也还没定。各位在此完备的大学里，目前更有这么多好的教授人才来指导，趁此机会加以利用。社会上需要什么，不要管它，家里的爸爸、妈妈、哥哥、朋友等，要你做律师、做医生，你也不要管他们，不要听他们的话，只要跟着自己的兴趣走。想起当初我哥哥要我学开矿。造铁路，我也没听他的话，自己变来变去变成一个老不成器的人。后来我哥哥也没说什么。只管我自己，别人不要管他。依着"性之所近，力之所能"学下去，其未来对国家的贡献也许比现在盲目所选的或被动选择的学科会大得多，将来前途也是无可限量的。……

中国爱国女杰王昭君传

胡适

列位看我写这篇传记,一定要奇怪,说这"王昭君"三字,怎么能和这"爱国女杰"四字合在一呢?那王昭君不是汉朝一个失宠的宫女么?不是受画工毛延寿的害,不中元帝之意,被元帝派去和番的么?这个人怎么算得爱国的女豪杰呢?列位这种疑心并没有错,不过列位都被那古时做书的人欺骗了几千年,所以如今还说这种话,简直把这位爱国女杰王昭君,受了二千年的冤枉,埋没到如今。我如今既然找得真凭实据,可以证明这位王昭君确是一位爱国女豪来,断不敢不来表彰一番,使大家来崇拜。这便是在下做这篇昭君传的原因了。

我且先说那旧说。那旧说道,王昭君是汉元帝时候一个官人。那是元帝的后宫,人太多了,一时不能看遍。遂召许多画工,把那些官人的容貌,都画成一册,好照着那册子上的面貌,按图召见。便有那许多宫人,容貌中常的,便在那画工面前行了贿赂,有送十万钱的,也有送五万钱的。只有王昭君不屑做这些苟且无耻的事,那画工不能得钱,便把昭君的容貌画成丑相。后来匈奴(匈奴是汉朝北方一种外族人的种名,时常来找中国)的单于来朝(单于是匈奴国王的称呼，和中国称王一般），向皇帝求一个美女。元帝翻那画册，只见王昭君的面貌最丑，便许了匈奴，把昭君赐他。到了次日，元帝便召昭君来见，不料竟是一个绝色美人，竟是宫中第一等的美人，一切应对举止，没有一件不好的。元帝心中可惜的了不得。但是既许了匈奴，不便失信于外夷，只得把昭君赐了匈奴。后来元帝心中越想越可惜，便把那些画工都抓来杀了。

以上说的，都是从前说王昭君的话头。你想那些画工竟敢在皇帝宫中做起买卖来了，胆子也算大极了。况且元帝既见之后，又何尝不可把别人来代替他？所以这种话都是靠不住的。我如今所引证的，也是从古书上来的，并不是无稽之谈。列位且听我道来。

王昭君，名嫱，是蜀郡秭归人氏。他父亲叫王穰，所生只有昭君一女。昭君自幼便和平常女儿家不同，一切举动都合礼法。长成的时候，生得秀外慧中，绝代丰姿，真个宋玉说的"增一分则太长，减一分则太短，傅粉则大白，涂脂则太赤"。再加上幽娴贞静，所以不到十七岁，便早已通国闻名的了。及笄以后，那些世家王孙来求婚的，真个不知其数。他父亲总不肯许。恰巧那时元帝选良家女子入宫，王穰听了这个消息，便来与女儿说知，想要把昭君送进宫去。王昭君听了这话，心中自己估量，自思自己的父亲只生一女，古语道得好，"生女不生男，缓急非所益"，父母生我一场，难道亲患未报，就此罢了不成？如今不如趁这机会，进得宫去，或者得了天子恩宠，得为昭仪或是婕妤，那时可不是连我的父母祖宗都有了光荣，也不枉父母生我一场。

主意已定，便极力赞成王穰的说话。王穰见女儿情愿，便把昭君献入宫去，看官要晓得，这原是昭君一片孝心，想做那光耀门楣的女儿。那里晓得皇帝的深宫，是一个最凄惨最可怜的地方，古来许多诗人做的许多宫怨的诗词，已是写得穷形尽致了。更有那《红楼梦》上说的，有一位贾元妃，对他父亲说：

"当日送我到那不见人的去处",你看这十二个字,写得多少凄怆呜咽,人尚且不能见,什么生人的乐趣,更不用说自然是没有的了。那宫中几千宫女,个个抬起头来,望着皇帝来临,甚至于有用竹叶插门,盐水洒地,来引皇帝的羊车的。其实好好一个人,到了这种地方,除了卑鄙龌龊苟且逢迎之外,哪里还想得天子的顾盼。唉,这种卑鄙污下的行为,岂是我们这位爱国女杰王昭君做得到的么?昭君到了这个地方,看了这种行为,心想自己容貌虽好,品行虽好,终究不能得天子的宠遇,休说宠遇,简直连天子的颜色都不大望得见了。要是照这样下去,还不是到头做一个白发宫人么?昭君想到这里,自然要蛾眉紧蹙,珠泪常垂的了。

看官要记清,上面所说的,都是王昭君入宫的历史。如今要说那王昭君爱国的历史了,看官须晓得,汉朝一代,最大的边患便是那匈奴,从汉高祖以来,常常入寇中国,弄得中国边境年年出兵,民不聊生。宣帝的时候,匈奴内乱,自相争杀,遂分成两国,一边是呼韩邪单于,一边是那支单于。后来汉朝帮助呼韩邪,攻杀那支,呼韩邪单于大喜,遂来中国,入朝朝觐。那时正是汉元帝竟宁元年。那时便是王昭君立功的时代了。

那时呼韩邪来朝,先谢皇帝复国的恩典,便说:"小臣得天子威灵,得有今日,从此以后,断不敢再萌异心。如今想求皇帝赐一个中国女子给臣,使小臣生为汉朝的臣子,又做汉朝的女婿,子孙便做汉朝的外甥。从此匈奴可不是永永成了天朝的外臣了么?"皇帝听了呼韩邪的话,心中很喜欢,只是一件,那匈奴远在长城之外,胡天万里,冰霜遍地,沙漠匝天。住的是帐篷幕,吃的是膻肉酪浆。那种苦况,这些娇滴滴的宫娃,哪里受得起。谁肯舍了这柏梁建章的宫殿,去吃这种惨不可言的苦况呢。想到这里,心里便踌躇起来了,便叫内监,把全宫的宫人都宣上殿来。不多一会,那金殿上,便黑压压地到了无数如花似玉的宫人。元帝便问道:"如今匈奴的国王,要求朕赐一女子给他，你们如有愿去匈奴的，可走出来。"连问了几遍，那些宫人面面相觑，没有一个敢答应的。那时王昭君也在其内，听了皇帝的话，看了大家的情形，晓得大众的意思，都是偷安旦夕，全不顾大局的安危，心里便老大不自在。心想我王嫱入宫已有几年了，长门之怨自不消说，与其做个碌碌无为的上阳宫人，何如轰轰烈烈做一个和亲的公主。我自己的姿容或者能够感动匈奴的单于，使他永远做汉朝的的臣子，一来呢，可以增进大汉的国威，二来呢，使两国永永休兵罢战，也免了那边境上年年生民涂炭之苦。将来汉史上即使不说我的功勋，难道那边塞上的口碑，也把我埋没了么？想到这里，便觉得这事竟是我王嫱义不容辞的责任了！

昭君主意已定，叹了一口气，黯然立起身来，颤巍巍地走出班来，说："臣妾王嫱愿去匈奴"。那时元帝看见没有人肯去，正在狐疑的时候，忽见人丛里走出这么一位倾城倾国绝代无双的美人来，定睛一看，竟是宫中第一个绝色美人，而且是平日没有见过的。这时候元帝又惊又喜，又怜又惜，惊的是宫中竟有这么一个美人，喜的是这位美人竟肯远去匈奴，怜的是这位美人怎禁得起那万里长征的苦趣，惜的是宫中有了这个美人，却不曾享受得，便把她去送与匈奴，岂不可惜，岂不可惜么？皇帝心中虽有可惜，然而那时匈奴的使臣，陪着呼韩邪单于，都在殿上，昭君的美貌，是满朝都看见了的，昭君的言语，是都听见了的，到了这时候，唉，虽有天子的威力，大汉的国势，也不能挽回这事了。元帝到了这时候，一时没得法了，只好把昭君赐了匈奴。从此以后，我们这位爱国女杰王昭君，便做了匈奴呼韩邪单于的大阏氏（阏氏的意思，和我们中国称王后一般）了。

呼韩邪单于得了王昭君，快活极了。那时汉元帝封昭君为宁胡阏氏，这"宁胡"二字，便是"安抚胡人"的意思。果然一个王昭君，竟胜似千百万雄兵，从此以后，胡也宁了，汉也宁了。那时呼韩邪单于便和昭君回到匈奴，一路上经过许多平沙大漠，呼韩邪便叫匈奴的乐士在马上弹起琵琶来，叫昭君一路行一路听着，免得他生思乡之念。不多时昭君到了匈奴。匈奴便年年进贡，永永做汉朝的外臣。于是汉朝的国威远及西北诸国，从元帝到成帝、哀帝、平帝，一直到王莽篡汉的时候。那时呼韩邪也死了，昭君也死了，他子孙做单于的都说，我国世世为汉朝的外甥，如今天子已非刘氏，如何做他的藩属？于是匈奴遂不进贡了，遂独立了。可见这都是这位爱国女杰王昭君的功劳。这便是王昭君的爱国历史，我们中国几千年来，人人都可怜王昭君出塞和番的苦趣，却没有一个晓得赞叹王昭君的爱国苦心的。唉，怎么对得住王昭君呀，那真是对不住王昭君了！

学问与趣味

梁实秋

前辈的学者常以学问的趣味启迪后生,因为他们自己实在是得到了学问的趣味,故不惜现身说法,诱导后学,使他们在愉快的心情之下走进学问的大门。例如,梁任公先生就说过:"我是个主张趣味主义的人,倘若用化学化分'梁启超'这件东西,把里头所含一种元素名叫'趣味'的抽出来,只怕所剩下的仅有个零了。"任公先生注重趣味,学问甚是渊博,而并不存有任何外在的动机,只是"无所为而为",故能有他那样的成就。一个人在学问上果能感觉到趣味,有时真会像是着了魔一般,真能废寝忘食,其能不知老之将至,苦苦钻研,锲而不舍,在学问上焉能不有收获?不过我常想,以任公先生而论,他后期的著述如历史研究法,先秦政治思想史,以及有关墨子佛学陶渊明的作品,都可说是他的一点"趣味"在驱使着他,可是在他年轻的时候,从师受业,诵读曲籍,那时节也全然是趣味么?作八股文,作试帖诗,莫非也是趣味么?我想未必。大概趣味云云,是指年长之后自动作学问之时而言。在年轻时候为学问打根底之际恐怕不能过分重视趣味。学问没有根底,趣味也很难滋生。任公先生的学问之所以那样的博大精深,涉笔成趣,左右逢源,不能不说的一大部分得力于他的学问根底之打得坚固。

我曾见许多年青的朋友，聪明用功，成绩优异，而语文程度不足以达意，甚至写一封信亦难得通顺，问其故则曰其兴趣不在语文方面。又有一些位，执笔为文，斐然可诵，而视数理科目如仇雠，勉强才能及格，问其故则曰其兴趣不在数理方面，而且他们觉得某些科目没有趣味，便撇在一边视如敝屣，怡然自得，振振有词，略无愧色，好像这就是发扬趣味主义。

殊不知天下没有趣味的学问，端视吾人如何发掘其趣味，如果在良师指导之下按部就班地循序而进，一步一步地发现新天地，当然乐在其中，如果浅尝辄止，甚至躐等躁进，当然味同嚼蜡，自讨没趣。一个有中上天资的人，对于普通的基本的文理科目，都同样也有学习的能力，绝不会本能地长于此而拙于彼。只有懒惰与任性，才能使一个人自甘暴弃地在"趣味"的掩护之下败退。

由小学到中学，所修习的无非是一些普通的基本知识。就是大学四年，所授课业也还是相当粗浅的学识。世人常称大学为"最高学府"，这名称易滋误解，好像过此以上即无学问可言。大学的研究所才是初步研究学问的所在，在这里作学问也只能算是粗涉藩篱，注重的是研究学问的方法与实习。学无止境，一生的时间都嫌太短，所以古人皓首穷经，头发白了还是在继续研究，不过在这样的研究中确是有浓厚的趣味。

在初学的阶段，由小学至大学，我们与其倡言趣味，不如偏重纪律。一个合理编列的课程表，犹如一个营养均衡的食谱，里面各个项目都是有益而必需的，不可偏废，不可再有选择。所谓选修科目也只是在某一项目范围内略有拣选余地而已。一个受过良好教育的人，犹如一个科班出身的戏剧演员，在坐科的时候他是要服从严格纪律的，唱工作工武把子都要认真学习，各种角色的戏都要完全谙通，学成之后才能各按其趣味而单独发展其所长。

学问要有根底，根底要打得平正坚实，以后永远受用。初学阶段的科目之最重要的莫过于语文与数学。语文是阅读达意的工具，国文不通便很难表达自己，外国文不通便很难吸取外来的新知。数学是思想条理之最好的训练。其他科目也各有各的用处，其重要性很难强分轩轾，例如体育，从另一方面看也是重要得无以复加。总之，我们在求学时代，应该暂且把趣味放在一边，耐着性子接受教育的纪律，把自己锻炼成为坚实的材料。学问的趣味，留在将来慢慢享受一点也不迟。

谈友谊

梁实秋

朋友居五伦之末,其实朋友是极重要的一伦。所谓友谊实即人与人之间的一种良好的关系,其中包括了解、欣赏、信任、容忍、牺牲……诸多美德。如果以友谊作基础,则其他的各种关系如父子夫妇兄弟之类均可圆满地建立起来。当然父子兄弟是无可选择的永久关系,夫妇虽有选择余地,但一经结合便以不再仳离为原则,而朋友则是有聚有散可合可分的。不过,说穿了,父子夫妇兄弟都是朋友关系,不过形式性质稍有不同罢了。严格地讲,凡是充分具备一个好朋友的条件的人,他一定也是一个好父亲、好儿子、好丈夫、好妻子、好哥哥、好弟弟。反过来亦然。

我们的古圣先贤对于交友一端是甚为注重的。《论语》里面关于交友的话很多。在西方亦是如此。罗马的西塞罗有一篇著名的《论友谊》。法国的蒙田、英国的培根、美国爱默生,都有论友谊的文章。我觉得近代的作家在这个题目上似乎不大肯费笔墨了。这是不是叔季之世友谊没落的征象呢?我不敢说。

古之所谓"刎颈交",陈义过高,非常人所能企及。如 Damon 与 Pythias,David 与 Jonathan,怕也只是传说中的美谈罢。就是把友谊的标准降低一些，真正能称得起朋友的还是很难得。试想一想，如有银钱经手的事，你信得过的朋友能有几人？在你蹭蹬失意或疾病患难之中还肯登门拜访乃至雪中送炭的朋友又有几人？你出门在外之际对于你的妻室弱媳肯加照顾而又不照顾得太多者又有几人？再退一步，平素投桃报李，莫逆于心，能维持长久于不坠者，又有几人？总角之交，如无特别利害关系以为维系，恐怕很难在若干年后不变成为路人。富兰克林说："有三个朋友是忠实可靠的——老妻、老狗与现款。"妙的是这三个朋友都不是朋友。倒是亚里士多德的一句话最干脆："我的朋友们啊！世界上根本没有朋友。"这些话近于愤世嫉俗，事实上世界里还是有朋友的，不过虽然无需打着灯笼去找，却是像沙里淘金而且还需要长时间的洗炼。一旦真铸成了友谊，便会金石同坚，永不退转。

　　大抵物以类聚，人以群分。臭味相投，方能永以为好。交朋友也讲究门当户对，纵不必像九品中正那么严格，也自然有个界线。"同学少年多不贱，五陵裘马自轻肥"，于"自轻肥"之余还能对着往日的旧游而不把眼睛移到眉毛上边去么？汉光武容许严子陵把他的大腿压在自己的肚子上，固然是雅量可风，但是严子陵之毅然决然地归隐于富春山，则尤为知趣。朱洪武写信给他的一位朋友说："朱元璋作了皇帝，朱元璋还是朱元璋……"话自管说得很漂亮，看看他后来之诛戮功臣，也就不免令人心悸。人的身心构造原是一样的，但是一入宦途，可能发生突变。孔子说，无友不如己者。我想一来只是指品学而言，二来只是说不要结交比自己坏的，并没有说一定要我们去高攀。友谊需要两造。假如双方都想结交比自己好的，那便永远交不起来的。

　　好像是王尔德说过，"一个男人与一个女人之间是不可能有友谊存在的。"就一般而论，这话是对的，因为男女之间有深厚的友谊，那友谊容易变质，如果不是心心相印，那又算不得是友谊。过犹不及，那分际是难以把握的。忘年交倒是可能的。祢衡年未二十，孔融年已五十，便相交友，这样的例子史不绝书。但似乎是也以同性为限。并且以我所知，忘年交之形成固有赖于兴趣之相近与互相之器赏，但年长的一方面多少需要保持一点童心，年幼的一方面多少需要显着几分老成。老气横秋则令人望而生畏，轻薄僄佻则人且避之若浼。单身的人容易交朋友，因为他的情感无所寄托，漂泊流离之中最需要一个一倾积愫的对象，可是等到他有红袖添香稚子候门的时候，心境便不同了。

"君子之交淡如水"，因为淡所以才能不腻，才能持久。"与朋友交，久而敬之。"敬也就是保持距离，也就是防止过分的亲昵。不过"狎而敬之"是很难的。最要注意的是，友谊不可透支，总是保留几分。Mark Twain 说："神圣的友谊之情，其性质是如此的甜蜜、稳定、忠实、持久，可以终身不渝，如果不开口向你借钱。"这真是慨乎言之。朋友本有通财之谊，但这是何等微妙的一件事！世上最难忘的事是借出去的钱，一般认为最倒霉的事又莫过于还钱。一牵涉到钱，恩怨便很难清算得清楚，多少成长中的友谊都被这阿堵物所戕害！

规劝乃是朋友中间应有之义，但是谈何容易。名利场中，沉瀣一气，自己都难以明辨是非，哪有余力规劝别人？而在对方则又良药苦口忠言逆耳，谁又愿意让人批他的逆鳞？规劝不可当着第三者的面前行之，以免伤他的颜面，不可在他情绪不宁时行之，以免逢彼之怒。孔子说："忠告而善道之，不可则止。"我总以为劝善规过是友谊之消极的作用。友谊之乐是积极的。只有神仙与野兽才喜欢孤独，人是要朋友的。"假如一个人独自升天，看见宇宙的大观，群星的美丽，他并不能感到快乐，他必要找到一个人向他述说他所见的奇景，他才能快乐。"共享快乐，比共受患难，应该是更正常的友谊中的趣味。

文艺与木匠

老舍

一位木匠的态度,据我看:(一)要作个好木匠;(二)虽然自己已成为好木匠,可是绝不轻看皮匠、鞋匠、泥水匠,和一切的匠。

此态度适用于木匠,也适用于文艺写家。我想,一位写家既已成为写家,就该不管怎么苦,工作怎样繁重,还要继续努力,以期成为好的写家,更好的写家,最好的写家。同时,他须认清:一个写家既不能兼作木匠、瓦匠,他便该承认五行八作的地位与价值,不该把自己视为至高无上,而把别人踩在脚底下。

我有三个小孩。除非他们自己愿意,而且极肯努力,作文艺写家,我决不鼓励他们;因为我看他们作木匠、瓦匠,或作写家,是同样有意义的,没有高低贵贱之别。

假若我的一个小孩决定作木匠去,除了劝告他要成为一个好木匠之外,我大概不会絮絮叨叨的再多讲什么,因为我自己并不会木工,无须多说废话。

假若他决定去作文艺写家，我的话必然的要多了一些，因为我自己知道一点此中甘苦。

第一，我要问他：你有了什么准备？假若他回答不出，我便善意的，虽然未必正确的，向他建议：你先要把中文写通顺了。所谓通顺者，即字字妥当，句句清楚。假若你还不能作到通顺，请你先去练习文字吧，不要开口文艺，闭口文艺。文字写通顺了，你要"至少"学会一种外国语，给自己多添上一双眼睛。这样，中文能写通顺，外国书能念，你还须去生活。我看，你到三十岁左右再写东西，绝不算晚。

第二，我要问他：你是不是以为作家高贵，木匠卑贱，所以才舍木工而取文艺呢？假若你存着这个心思，我就要毫不客气地说：你的头脑还是科举时代的，根本要不得！况且，去学木工手艺，即使不能成为第一流的木匠，也还可以成为一个平常的木匠，即使不能有所创造，还能不失规矩地仿制；即使供献不多，也还不至于糟踏东西。至于文艺呢，假若你弄不好的话，你便糟践不知多少纸笔，多少时间——你自己的，印刷人的，和读者的；罪莫大焉！你看我，已经写作了快二十年，可有什么成绩？我只感到愧悔，没有给人盖成过一间小屋，作成过一张茶几，而只是浪费了多少纸笔，谁也不曾得到我一点好处？高贵吗？啊，世上还有高贵的废物吗？

第三，就要问他：你是不是以为作写家比作别的更轻而易举呢？比如说，作木匠，须学好几年的徒，出师以后，即使技艺出众，也还不过是默默无闻的匠人；治文艺呢，你可以用一首诗，一篇小说，而成名呢？我告诉你，你这是有意取巧，避重就轻。你要知道，你心中若没有什么东西，而轻巧地以一诗一文成了名，名适足以害了你！名使你狂傲，狂傲即近于自弃。名使你轻浮、虚伪。文艺不是轻而易举的东西，你若想借它的光得点虚名，它会极厉害地报复，使你不但挨不近它的身，而且会把你一脚踢倒在尘土上！得了虚名，而丢失了自己，最不上算。

第四，我要问他：你若干文艺，是不是要干一辈子呢？假若你只干一年半载，得点虚名便闪躲开，借着虚名去另谋高就，你便根本是骗子！我宁愿你死了，也不忍看你作骗子！你须认定：干文艺并不比作木匠高贵，可是比作木匠还更艰苦。在文艺里找慈心美人，你算是看错了地方！

第五，我要告诉他：你别以为我干这一行，所以你也必须来个"家传"。世上有用的事多得很，你有择取的自由。我并不轻看文艺，正如同我不轻看木匠。我可是也不过于重视文艺，因为只有文艺而没有木匠也成不了世界。我不后悔干了这些年的笔墨生涯，而只恨我没能成为好的写家。作官教书都可以辞职，我可不能向文艺递辞呈，因为除了写作，我不会干别的；已到中年，又极难另学会些别的。这是我的痛苦，我希望你别再来一回。不过，你一定非作写家不可呢，你便须按着前面的话去准备，我也不便绝对不同意，你有你的自由。你可得认真地去准备啊！

远的怀念

孙犁

一九三八年春天，我在本县参加抗日工作，认识了人民自卫军政治部的宣传科长林扬。他是"七七"事变后，刚刚从北平监狱里出来，就参加了抗日武装部队的。他很弱，面色很不好，对人很和蔼。他介绍我去找路一，说路正在组织一个编辑室，需要我这样的人。路住在侯町村，初见面，给我的印象太严肃了：他坐在一张太师椅上，冬天的军装外面，套了一件那时乡下人很少见到的风雨衣，腰系皮带，斜佩一把大盒子枪，加上他那黑而峻厉的面孔，颇使我望而生畏。我清楚地记得，第一次和诗人远千里见面，是在他那里，由他介绍的。

远高个子，白净文雅，书生模样，这种人我是很容易接近的，当然印象很好。

第二年，我转移到山地工作。一九四一年秋季，我又跟随路从山地回到冀中。路是很热情爽快的人，我们已经很熟很要好了。

在我县郝村，又见到了远，他那时在梁斌领导的剧社工作，是文学组长，负责几种油印小刊物的编辑工作。我到冀中后，帮助编辑《冀中一日》，当地做文艺工作的同志，很多人住在郝村，在一个食堂吃饭。

这样，和远见面的机会就很多。他每天总是笑容满面的，正在和本剧团一位高个的女同志恋爱。每次我给剧团团员讲课的时候，他也总是坐在地下，使我深受感动并且很不安。

就在这个秋天，冀中军区有一次反"扫荡"。我跟随剧团到南边几个县打游击，后又回到本县。滹沱河发了水，决定暂时疏散，我留本村。远要到赵庄，我给他介绍了一个亲戚做堡垒户，他把当时穿不着的一条绿色毛线裤留给了我。

一九四五年，日本投降后，我从延安回到冀中，在河间又见到了远。他那时挂着双拐，下肢已经麻痹了。精神还是那样好，谈笑风生。我们常到大堤上去散步，知道他这些年的生活变化，如不坚强，是会把他完全压倒的。"五一"大"扫荡"以后，他在地洞里坚持报纸工作，每天清晨，从地洞里出来，透透风。洞的出口在野外，他站在园田的井台上，贪馋地呼吸着寒冷新鲜的空气。看着阳光照耀的、尖顶上挂着露珠的麦苗，多么留恋大地之上啊！

我只有在地洞过一夜的亲身体验，已经觉得窒息不堪，如同活埋在坟墓里。而他是要每天钻进去工作，在萤火一般的灯光下，刻写抗日宣传品，写街头诗，一年，两年。后来，他转移到白洋淀水乡，长期在船上生活战斗，受潮湿，得了全身性的骨质增生病。最初是整个身子坏了，起不来，他很顽强，和疾病斗争，和敌人斗争，现在居然可以同我散步，虽然借助双拐，他也很高兴了。

他还告诉我：他原来的爱人，在"五一"大"扫荡"后，秋夜趟水转移，掉在旷野一眼水井里牺牲了。

我想起远留给我的那条毛线裤，是件女衣，可能是牺牲了的女同志穿的，我过路以前扔在家里。第二年春荒，家里人拿到集上去卖，被一群汉奸女人包围，几乎是讹诈了去。

她的牺牲，使我受了启发，后来写进长篇小说的后部，作为一个人物的归结。

进城以后，远又有了新的爱人。腿也完全好了，又工作又写诗。有一个时期，他是我的上级，我私心庆幸有他这样一个领导。一九五二年，我到安国县下乡，路经保定，他住在旧培德中学的一座小楼上，热情地组织了一个报告会，叫我去讲讲。

我爱人病重，住在省医院的时候，他曾专去看望了她，惠及我的家属，使她临终之前，记下我们之间的友谊。

听到远的死耗，我正在干校的菜窖里整理白菜。这个消息，在我已经麻木的脑子里，沉重地轰击了一声。夜晚回到住处，不能入睡。

后来，我的书籍发还了，所有现代的作品，全部散失，在当作文物保管的古典书籍里，却发现了远的诗集《三唱集》。

这部诗集出版前，远曾委托我帮助编选，我当时并没有认真去做。远明知道我写的字很难看，却一定要我写书面，我却兴冲冲写了。现在面对书本，既惭愧有负他的嘱托，又感激他对旧谊的重视。我把书郑重包装好，写上了几句话。

远是很聪明的，办事也很干练，多年在政治部门工作，也该有一定经验。他很乐观，绝不是忧郁病患者。对人对事，有相当的忍耐力。他的记忆力之强，曾使我吃惊，他能够背诵"五四"时代和三十年代的诗，包括李金发那样的诗。

他在童年求学时，后来在党的教育下，便为自己树立人生的理想，处世的准则，待人的道义，艺术的风格等等。循规蹈矩，孜孜不倦，取得了自己的成就。我没有见过远当面骂人，训斥人；在政治上、工作上，也看不出他有什么非分的想法，不良的作风。我不只看见他的当前，也见过他的过去。

他在青年时是一名电工，我想如果他一直爬在高高的电线杆上，也许还在愉快勤奋地操作吧。

现在，不知他魂飞何处，或在丛莽，或在云天，或徘徊冥途，或审视谛听，不会很快就随风流散，无处招唤吧。历史和事实都会证明：这是一个美好的，真诚的，善良的灵魂。

他无负于国家民族，也无负于人民大众。

春意挂上了树梢

萧红

三月花还没有开，人们嗅不到花香，只是马路上融化了积雪的泥泞干起来。天空打起朦胧的多有春意的云彩；暖风和轻纱一般浮动在街道上，院子里。春末了，关外的人们才知道春来。春是来了，街头的白杨树蹿着芽，拖马车的马冒着气，马车夫们的大毡靴也不见了，行人道上外国女人的脚又从长统套鞋里显现出来。笑声，见面打招呼声，又复活在行人道上。商店为着快快地传播春天的感觉，橱窗里的花已经开了，草也绿了，那是布置着公园的夏景。我看得很凝神的时候，有人撞了我一下，是汪林，她也戴着那样小沿的帽子。

"天真暖啦！走路都有点热。"

看着她转过"商市街"，我们才来到另一家店铺，并不是买什么，只是看看，同时晒晒太阳。这样好的行人道，有树，也有椅子，坐在椅子上，把眼睛闭起，一切春的梦，春的谜，春的暖力……这一切把自己完全陷进去。听着，听着吧！春在歌唱……

"大爷，大奶奶……帮帮吧！……"这是什么歌呢，从背后来的？这不是春天的歌吧！那个叫化子嘴里吃着个烂梨，一条腿和一只脚肿得把另一只显得好像不存在似的。"我的腿冻坏啦！大爷，帮帮吧！唉唉……！"

有谁还记得冬天？阳光这洋暖了！街树蹿着芽！

手风琴在隔道唱起来，这也不是春天的调，只要一看那个瞎人为着拉琴而挪歪的头，就觉得很残忍。瞎人他摸不到春天，他没有。坏了腿的人，他走不到春天，他有腿也等于无腿。

世界上这一些不幸的人，存在着也等于不存在，倒不如赶早把他们消灭掉，免得在春天他们会唱这样难听的歌。

汪林在院心吸着一支烟卷，她又换一套衣裳。那是淡绿色的，和树枝发出的芽一样的颜色。她腋下夹着一封信，看见我们，赶忙把信送进衣袋去。

"大概又是情书吧！"郎华随便说着玩笑话。
她跑进屋去了。香烟的烟缕在门外打了一下旋卷才消灭。

夜，春夜，中央大街充满了音乐的夜。流浪人的音乐，日本舞场的音乐，外国饭店的音乐……七点钟以后。中央大街的中段，在一条横口，那个很响的扩音机哇哇地叫起来，这歌声差不多响彻全街。若站在商店的玻璃窗前，会疑心是从玻璃发着震响。一条完全在风雪里寂寞的大街，今天第一次又号叫起来。

外国人！绅士样的，流氓样的，老婆子，少女们，跑了满街……有的连起人排来封闭住商店的窗子，但这只限于年轻人。也有的同唱机一样唱起来，但这也只限于年轻人。这好像特有的年轻人的集会。他们和姑娘们一道说笑,和姑娘们连起排来走。中国人来混在这些卷发人中间,少得只有七分之一,或八分之一。但是汪林在其中,我们又遇到她。她和另一个也和她同样打扮漂亮的、白脸的女人同走……卷发的人用俄国话说她漂亮。她也用俄国话和他们笑了一阵。

中央大街的南端,人渐渐稀疏了。

墙根,转角,都发现着哀哭,老头子,孩子,母亲们……哀哭着的是永久被人间遗弃的人们!那边,还望得见那边快乐的人群。还听得见那边快乐的声音。

三月,花还没有,人们嗅不到花香。

夜的街,树枝上嫩绿的芽子看不见,是冬天吧?是秋天吧?但快乐的人们,不问四季总是快乐;哀哭的人们,不问四季也总是哀哭!

贾岛

闻一多

这像是元和长庆间诗坛动态中的三个较有力的新趋势。这边老年的孟郊，正哼着他那沙涩而带芒刺感的五古，恶毒地咒骂世道人心，夹在咒骂声中的，是卢仝、刘叉的"插科打诨"和韩愈的宏亮的嗓音，向佛老挑衅。那边元稹、张籍、王建等，在白居易的改良社会的大纛下，用律动的乐府调子，对社会泣诉着他们那各阶层中病态的小悲剧。同时远远的，在古老的禅房或一个小县的廨署里，贾岛、姚合领着一群青年人做诗，为各人自己的出路，也为着癖好，做一种阴暗情调的五言律诗（阴暗由于癖好，五律为着出路）。

老年中年人忙着挽救人心，改良社会，青年人反不闻不问，只顾躲在幽静的角落里做诗，这现象现在看来不免新奇，其实正是旧中国传统社会制度下的正常状态。不像前两种人，或已"成名"，或已通籍，在权位上有说话做事的机会和责任，这般没功名，没宦籍的青年人，在地位上职业上可说尚在"未成年"时期，种种对国家社会的崇高责任是落不到他们肩上的。越俎代庖的行为是情势所不许的，所以恐怕谁也没想到那头上来。有抱负也好，没有也好，一个读书人生在那时代，总得做诗。做诗才有希望爬过第一层进身的阶梯。诗做到合乎某种程序，如其时运也凑巧，果然溷得一"第"，到那时，至少在理论上你才算在社会中"成年"了，才有说话做事的资格。否则万一你的诗做得不及或超过了程序的严限，或诗无问题而时运不济，那你只好做一辈子的诗，为责任做诗以自课，为情绪做诗以自遣。贾岛便是在这古怪制度之下被牺牲，也被玉成了的一个。在这种情形下，你若还怪他没有服膺孟郊到底，或加入白居易的集团，那你也可算不识时务了。

贾岛和他的徒众，为什么在别人忙着救世时，自己只顾做诗，我们已经明白了；但为什么单做五律呢？这也许得再说明一下。孟郊等为便于发议论而做五古，白居易等为讲故事而做乐府，都是为了各自特殊的目的，在当时习惯以外，匠心地采取了各自特殊的工具。贾岛一派人则没有那必要。为他们起见，当时最通行的体裁——五律就够了。一则五律与五言八韵的试帖最近，做五律即等于做功课，二则为拈拾点景物来烘托出一种情调，五律也正是一种标准形式。然而做诗为什么老是那一套阴霾，凛冽，峭硬的情调呢？我们在上文说那是由于癖好，但癖好又是如何形成的呢？这点似乎尤其重要。如果再明白了这点，便明白了整个的贾岛。

我们该记得贾岛曾经一度是僧无本。我们若承认一个人前半辈子的蒲团生涯，不能因一旦返俗，便与他后半辈子完全无关，则现在的贾岛，形貌上虽然是个儒生，骨子里恐怕还有个释子在。所以一切属于人生背面的，消极的，与常情背道而驰的趣味，都可溯源到早年在禅房中的教育背景。早年记忆中坐学白骨塔，或"三更两鬓几枝雪，一念双峰四祖心"的禅味，不但是"独行潭底影，数息树边身，……月落看心次，云生闭目中"一类诗境的蓝本，而且是"瀑布五千仞，草堂瀑布边，……孤鸿来夜半，积雪在诸峰"甚至"怪禽啼旷野，落日恐行人"的渊源。他目前那时代——一个走上了末路的，荒凉，寂寞，空虚，一切罩在一层铅灰色调中的时代，在某种意义上与他早年记忆中的情调是调和，甚至一致的。惟其这时代的一般情调，基于他早年的经验，可说是先天的与他 不但面熟，而且知心，所以他对于时代，不至如孟郊那样愤恨，或白居易那样悲伤，反之，他却能立于一种超然地位，藉此温寻他的记忆，端详它，摩挲它，髣髴一件失而复得的心爱的什物样。早年的经验使他在那荒凉得几乎狞恶的"时代相"前面，不变色，也不伤心，只感着一种亲切，融洽而已。于是他爱静，爱瘦，爱冷，也爱这些情调的象征——鹤，石，冰雪。黄昏与秋是传统诗人的时间与季候，但他爱深夜过于黄昏，爱冬过于秋。他甚至爱贫，病，丑和恐怖。他看不出"鹦鹉惊寒夜唤人"句一定比"山雨滴楼鹉"更足以令人关怀，也不觉得"牛羊识僮仆，既夕应传呼"较之"归吏封宵钥，行蛇入古桐"更为自然。也不能说他爱这些东西。如果是爱，那便太执着而邻于病态了。（由于早年禅院的教育，不执着的道理应该是他早已懂透了的）他只觉得与它们臭味相投罢了。更说不上好奇。他实在因为那些东西太不奇，太平易近人，才觉得它们"可人"，而喜欢常常注视它们。如同一个三棱镜，毫无主见地准备接受并解析日光中各种层次的色调，无奈"世纪末"的云翳总不给他放晴，因此他最热闹的色调也不过"杏园啼百舌，谁醉在花傍！身事岂能遂？兰花又已开"和"柳转斜阳过水来"之类。常常是温馨与凄清揉合在一起，"芦苇声兼雨，芰荷香绕灯"，春意留恋在严冬的边缘上，"旧房山雪在，春草岳阳生。" 他瞥见的"月影"偏偏不在花上而在"蒲根"，"楼鸟"不在绿杨而在"棕花上"。是点荒凉感，就逃不脱他的注意，哪怕琐屑到"湿苔粘树瘿"。

以上这些趣味，诚然过去的诗人也偶尔触及到，却没有如今这样大量的，彻底地被发掘过，花样、层次也没有这样丰富。我们简直无法想象他给与当时人的，是如何深刻的一个刺激。不，不是刺激，是一种酣畅的满足。初唐的华贵，盛唐的壮丽，以及最近十才子的秀媚，都已腻味了，而且容易引起一种幻灭感。他们需要一点清凉，甚至一点酸涩来换换口味。在多年的热情与感伤中,他们的感情也疲乏了。现在他们要休息。他们所熟习的禅宗与老庄思想也这样开导他们。孟郊、白居易鼓励他们再前进。眼看见前进也是枉然,不要说他们早已声嘶力竭。况且有时在理论上就释道二家的立场说,他们还觉得"退"才是正当办法。正在苦闷中,贾岛来了,他们得救了,他们惊喜得像发现了一个新天地,真的,这整个人生的半面,犹如一日之中有夜,四时中有秋冬,——为什么老被保留着不许窥探?这里确乎是一个理想的休息场所,让感情与思想都睡去,只感官张着眼睛往有清凉色调的地带涉猎去。"叩齿坐明月,揩颐望白云",休息又休息。对了,惟有休息可以驱除疲倦,恢复气力,以便应付下一场的紧张。休息,这政治思想中的老方案,在文艺态度上可说是第一次被贾岛发现的。这发现的重要性可由它在当时及以后的势力中窥见。由晚唐到五代,学贾岛的诗人不是数字可以计算的,除极少数鲜明的例外,是向着词的意境与词藻移动的,其余一般的诗人大众,也就是大众的诗人,则全属于贾岛。从这观点看,我们不妨称晚唐五代为贾岛时代。他居然被崇拜到这地步:

李洞……酷慕贾长江,遂铜写岛像,戴之巾中,常持数珠念贾岛佛。人有喜贾岛诗者,洞必手录岛诗赠之,叮咛再四曰:"此无异佛经,归焚香拜之。"(《唐才子传》九)

南唐孙晟……当画贾岛像,置于屋壁,晨夕事之。(《郡齐读书志》十八)

上面的故事,你尽可解释为那时代人们的神经病的象征,但从贾岛方面看,确乎是中国诗人从未有过的荣誉,连杜甫都不曾那样老实地被偶像化过;你甚至说晚唐五代之崇拜贾岛是他们那一个时代的偏见和行动,但为什么几乎每个朝代的末叶都有回向贾岛的趋势?宋末的四灵,明末的钟谭,以至清末的同光派，都是如此。不宁惟是。即宋代江西派在中国诗史上所代表的新阶段，大部分不也是从贾岛那份遗产中得来的赢余吗？可见每个在动乱中灭毁的前夕都需要休息，也都要全部地接受贾岛，而在平时，也未当不可以部分地接受他，作为一种调济，贾岛毕竟不单是晚唐五代的贾岛，而是唐以后各时代共同的贾岛。

中年人的寂寞

夏丏尊

我已是一个中年的人。一到中年，就有许多不愉快的现象，眼睛昏花了，记忆力减退了，头发开始秃脱而且变白了，意兴、体力，什么都不如年青的时候，常不禁会感觉到难以名言的寂寞的情味。尤其觉得难堪的是知友的逐渐减少和疏远，缺乏交际上的温暖的慰藉。

不消说，相识的人数是随了年龄增加的，一个人年龄越大，走过的地方当过的职务越多，相识的人理该越增加了。可是相识的人并不就是朋友。我们和许多人相识，或是因了事务关系，或是因了偶然的机缘——如在别人请客的时候同席吃过饭之类。见面时点头或握手，有事时走访或通信，口头上彼此也称"朋友"，笔头上有时或称"仁兄"，诸如此类，其实只是一种社交上的客套，和"顿首""百拜"同是仪式的虚伪。这种交际可以说是社交，和真正的友谊相差似乎很远。

真正的朋友，恐怕要算"总角之交"或"竹马之交"了。在小学和中学的时代容易结成真实的友谊，那时彼此尚不感到生活的压迫，入世未深，打算计较的念头也少，朋友的结成全由于志趣相近或性情适合，差不多可以说是"无所为"的，性质比较地纯粹。二十岁以后结成的友谊，大概已不免搀有各种各样的颜色分子在内；至于三十岁四十岁以后的朋友中间，颜色分子愈多，友谊的真实成分也就不免因而愈少了。这并不一定是"人心不古"，实可以说是人生的悲剧。人到了成年以后，彼此都有生活的重担须负，入世既深，顾忌的方面也自然加多起来，在交际上不许你不计较，不许你不打算，结果彼此都"钩心斗角"，像七巧板似地只选定了某一方面和对方去接合。这样的接合当然是很不坚固的，尤其是现代这样什么都到了尖锐化的时代。

在我自己的交游中，最值得系念的老是一些少年时代以来的朋友。这些朋友本来数目就不多，有些住在远地，连相会的机会也不可多得。他们有的年龄大过了我，有的小我几岁，都是中年以上的人了，平日各人所走的方向不同。思想趣味境遇也都不免互异，大家晤谈起来，也常会遇到说不出的隔膜的情形。如大家话旧，旧事是彼此共喻的，而且大半都是少年时代的事，"旧游如梦"，把梦也似的过去的少年时代重提，因谈话的进行，同时会联想起许多当时的事情，许多当时的人的面影，这时好像自己仍回归到少年时代了。我常在这种时候感到一种快乐，同时也感到一种伤感，那情形好比老妇人突然在抽屉里或箱子里发见了她盛年时的影片。

逢到和旧友谈话，就不知不觉地把话题转到旧事上去，这是我的习惯。我在这上面无意识地会感到一种温暖的慰藉。可是这些旧友一年比一年减少了，本来只是屈指可数的几个，少去一个是无法弥补的。我每当听到一个旧友死去的消息，总要惆怅多时。

学校教育给我们的好处不但只是灌输知识，最大的好处恐怕还在给与我们求友的机会上。这好处我到了离学校以后才知道，这几年来更确切地体会到，深悔当时毫不自觉，马马虎虎地过去了。近来每日早晚在路上见到两两三三的携着书包、携了手或挽了肩膀走着的青年学生，我总艳羡他们有朋友之乐，暗暗地要在心中替他们祝福。

不曾衣锦，依旧还乡

郁达夫

风烟俱净，天山共色，从流飘荡，任意东西，自富阳至桐庐一百许里，奇山异水，天下独绝。水皆缥碧，千丈见底，游鱼细石，直视无碍，急湍甚箭，猛浪若奔。夹岸高山，皆生寒树，负势竞上，互相轩邈，争高直指，千百成群。泉水激石，泠泠作响，好鸟相鸣，嘤嘤成韵。蝉则千啭不穷，猿则百叫无绝，鸢飞戾天者，望峰息心，经纶世务者，窥谷忘反，横柯上蔽，在昼犹昏，疏条交映，有时见日。

一

"比在家庭的怀抱里觉得更好的地方，是什么地方？"像这样的地方，当然是没有的，法国的这一句古歌，实在是把人情世态道尽了。

当微雨潇潇之夜，你若身眠古驿，看看萧条的四壁，看看一点欲尽的寒灯，倘不想起家庭的人，这人便是没有心肠者，任它草堆也好，破窑也好，你儿时放摇篮的地方，便是你死后最好的葬身之所呀！我们在客中卧病的时候，每每要想及家乡，就是这事的明证。

我空拳只手地奔回家去。到了杭州，又把路费用尽，在赤日的底下，在车行的道上，我就不得不步行出城。缓步当车，说起来倒是好听，但是在二十世纪的堕落的文明里沈浸过的我，既贫贱而又多骄，最喜欢张张虚势，更何况平时是以享乐为主义的我，又哪里能够好好地安贫守分，和乡下人一样的蹀躞泥中呢！

这一天阴历的六月初三，天气倒好得很。但是炎炎的赤日，只能助长有钱有势的人的纳凉佳兴，与我这行路病者，却是丝毫无益的！我慢慢地出了凤山门，立在城河桥上，一边用了我那半旧的夏布长衫襟袖，揩拭汗水，一边回头来看看杭州的城市，与杭州城上盖着的青天和城墙界上的一排山岭，真有万千的感慨，横亘在胸中。预言者自古不为其故乡所容，我今朝却只能对了故里的丘山，来求最后的荫庇，五柳先生的心事，痛可知了。

啊啊！亲爱的诸君，请你们不要误会，我并非是以预言者自命的人，不过说我流离颠沛，却是与预言者的境遇相同，社会错把我作了天才待遇罢了。即使罗秀才能行破石飞鸡的奇迹，然而他的品格，岂不和飘泊在欧洲大陆，猖狂乞食的其泊西（Gipsy）一样么？

我勉强走到了江干，腹中饥饿得很了。回故乡去的早班轮船，当然已经开出，等下午的快船出发，还有三个钟头。我在杂乱窄狭的南星桥市上飘流了一会，在靠江的一条冷清的夹道里找出了一家坍败的饭馆来。

饭店的房屋的骨格，同我的胸腔一样，肋骨已经一条一条地数得出来了。幸亏还有左侧的一根木橼，从邻家墙上，横着支住在那里，否则怕去秋的潮汛，早好把它拉入了江心，作伍子胥的烧饭柴火去了。店里的几张板凳桌子，都积满了灰尘油腻，好像是前世纪的遗物。账柜上坐着一个四十内外的女人，在那里做鞋子。灰色的店里，并没有什么生动的气象，只有在门口柱上贴着翘一张"安寓客商"的尘蒙的红纸，还有些微现世的感觉。我因为脚下的钱已快完，不能更向热闹的街心去寻辉煌的菜馆，所以就慢慢地踱了进去。

啊啊，物以类聚！你这短翼差池的饭馆，你若是二足的走兽，那我正好和你分庭抗礼结为兄弟哩。

二

假使天公下一阵微雨，把钱塘江两岸的风景，罩得烟雨模糊，把江边的泥路，浸得污浊难行，那么这时候江干的旅客，必要减去一半，那么我乘船归去，至少可以少遇见几个晓得我的身世的同乡；即使旅客不因之而减少，只教天上有暗淡的愁云蒙着，阶前屋外有几点雨滴的声音，那么围绕在我周围的空气和自然的景物，总要比现在更带有些阴惨的色彩，总要比现在和我的心境更加相符。若希望再奢一点，我此刻更想有一具黑漆棺木在我的旁边。最好是秋风凉冷的九十月之交，时落的林中，阴森的江上，不断地筛着渺蒙的秋雨。我在凋残的芦苇里，雇了一叶扁舟，当日暮的时候，再送灵柩归去。小船除舟子而外，不要有第二个人。棺里卧着的，若不是和我寝处追随的一个年少妇人，至少也须是一个我的至亲骨肉。我在灰暗微明的黄昏江上，雨声淅沥的芦苇丛中，赤了足，张了油纸雨伞，提了一张灯笼，摸上船头上去焚化纸帛。

我坐在靠江的一张破桌子上，等那柜上的妇人下来替我炒蛋炒饭的时候，看看西兴对岸的青山绿树，看看江上的浩荡波光，又看看在江边沙渚的晴天赤日下来往的帆樯肩舆和舟子牛车。心里忽起了一种怨恨天帝的心思。我怨恨了一阵，痴想了一阵，就把我的心愿，原原本本地排演了出来。我一边在那里焚化纸帛，一边却对棺里的人说：

"JEANNE！我们要回去了，我们要开船了！怕有野鬼来麻烦，你就拿这一点纸帛送给他们罢！你可要饭吃？你可安稳？你可是伤心？你不要怕，我在这里，我什么地方也不去了，我只在你的边上。……"

我幽幽地讲到最后的一句，咽喉就塞住了。我在座上拱了两手，把头伏了下去，两面额上，只感着了一道热气。我重新把我所欲爱的女人，一个一个想了出来，见她们闭着口眼，冰冷地直卧在我的前头。我觉得隐忍不住了，竟任情地放了一声哭声。那个在炉灶上的妇人，以为我在催她的饭，她就同哄小孩子似的用了柔和的声气说：

　　"好了好了！就快好了，请再等一会儿！"

　　啊啊！我又想起来了，我又想起来了，年幼的时候，当我哭泣的时候，祖母母亲哄我的那一种声气！

　　"已故的老祖母，倚闾的老母亲！你们的不肖的儿孙，现在正落魄了在江干等回故里的船呀！"

　　我在自己制成的伤心的泪海里游泳了一会，那妇人捧了一碗汤，一碗炒饭，摆到了我的面前来。我仰起头来对她一看，她倒惊了一跳。对我呆看了一眼，她就去绞了一块手巾来递给我，叫我擦一擦面。我对了这半老妇人的殷勤，心里说不出的只在感谢。几日来因为睡眠不足，营养不良的缘故，已经是非常感觉衰弱，动着就要流泪的我，对她的这一种感谢。也变成了两行清泪，噗嗒地滴下了腮来，她看了这种情形，就问我说：

　　"客人，你可是遇见了坏人？"

　　我摇了摇头，勉强地对她笑了一笑，什么话也不能回答。她呆呆地立了一会，看我不能讲话，也就留了一句："饭不够吃，再好炒的。"安慰我的话，走向她的柜上去了。

三

　　我吃完了饭，付了她两角银角子，把找回来的八九个铜子，也送给了她，她却摇着头说:"客人,你是赶船的么?船上要用钱的地方多得很哩,这几个铜子你收着用罢!"

我以为她怪我吝啬,只给她几个铜子的小账,所以又摸了两角银角子出来给她。她却睁大了眼睛对我说:

"尹尹!这算什么?这算什么?"

她硬不肯收,我才知道了她的真意,所以说:"但是无论如何,我总要给你几个小账的。"

她又接了一会,才收了三个铜子说:
"小账已经有了。"

啊啊,我自回中国以来,遇见的都是些卑污贪暴的野心狼子,我万万想不到在浇薄的杭州城外,有这样的一个真诚的妇人的。妇人呀妇人,你的坍败的屋椽,你的凋零的店铺,大约就是你的真诚的结果,社会对你的报酬!啊啊,我真恨我没有黄金十万,为你建造一家华丽的酒楼。

"再会再会!"
"顺风顺风!船上要小心一点。"
"谢谢!"
我受妇人的怜惜,这可算是平生的第一次。

我出了饭馆,从太阳晒着的冷静的这条夹道,走上轮船公司的那条大街上去。大约是将近午饭的时候了,街上的行人,比曩时少了许多。我走到轮船公司门口,向窗里一看,见账房内有五六个男子围了桌子,赤了膊在那里说笑吃饭。卖票的窗前的屋里，在角头椅上，只坐着两个乡下人，在那里等候，从他们的衣服、态度上看来，他们必是临浦萧山一带的农民，也不知他们有什么心事，他们的眉毛却蹙得紧紧的。

我走近了他们，在他们旁边坐下之后，两人中间的一个看了我一眼，问我说：

"鲜散（先生）！到临浦严办（烟篷）几个脸（钱）？"
"我也不知道，大约是一二角角子罢。"

"喏（你）到啥地方起（去）咯？"
"我上富阳去的。"
"哎（我们）是为得打官司到杭州来咯。"

我并不问他，他却把这一回因为一个学堂里出身的先生告了他的状，不得不到杭州来的事情对我详细地诉说了：

"哎真勿要打官司啦！格煞（现在）田里已（又）忙，宁（人）也走勿开，真真苦煞哉啦！汉（那）个学堂里个（的）鲜散，心也脱凶哉，哎请啦宁刚（讲）过好两遍，情愿拿出八十块洋钿不（给）其（他），其（他）要哎百念块。喏（你）看，格煞五荒六月，教哎啥地方去变出一百念块洋钿来呢！"

他说着似乎是很伤心的样子。
"唉唉！你这老实的农民，我若有钱，我就给你一百二十块钱救你出险了。但是 Thou's met me in an evil hour；……To spare thee now is past my power，……"

我心里这样的一想，又重新起了一阵身世之悲。他看我默默的不语，便也住了口，仍复沉入悲愁的境里去了。

四

我坐在轮船公司的那只角上，默默地与那农民相对，耳里断断续续地听了些在账房里吃饭的人的笑语，只觉得一阵一阵的哀心隐痛，绝似临盆的孕妇，要产产不出来的样子。

杭州城外，自闸口至南星，统江干一带，本是我旧游之地，我记得没有去国之先，在岸边花艇里，金尊檀板，也曾眠醉过几场。江上的明月，月下的青山，与越郡的鸡酒，佐酒的歌姬，当然依旧在那里助长人生的乐趣。但是我呢？我身上的变化呢？我的同干柴似的一双手里，只捏了三个两角的银角子，在这里等买船票！

过了一点多钟，轮船公司的那间屋里，挤满了旅人，我因为怕逢知我的同乡，只俯了首，默默地坐着不敢吐气。啊啊，窗外的被阳光晒着的长街，在街上手轻脚健快快活活来往的行人，请你们饶恕我的罪罢，这时候我心里真恨不得丢一个炸弹，与你们同归于尽呀。

跟了那两个农民，在窗口买了一张烟篷船票，我就走出公司，走上码头，走上跳板，走上驳船去。

原来钱塘江岸，浅滩颇多，码头下有一排很长的跳板，接在那里。我跟了众人，一步一步地从跳板上走到驳船里去的时候，却看见了一个我自家的影子，斜映在江水里，慢慢地在那里前进。等走到跳板尽处，将上驳船的时候，我心里忽而想起了一段我女人写给我的信上的话来：

我从来没有一个人单独出过门，那天晚上，我对你说的让我一个人回去的话，原是激于一时的意气而发，我实不知道抱着一个六个月的孩子的妇人的单独旅行，是如何的苦法的。那天午后，你送我上车，车开之后，我抱了龙儿，看看车里坐着的男女，觉得都比我快乐。我又探头出来，遥向你住着的上海一望，只见了几家工厂，和屋上排列在那里的一列烟囱。我对龙儿看了一眼，就不知不觉地涌出了两滴眼泪。龙儿看了我这样子，也好像有知识似的对我呆住了。他跳也不跳了，笑也不笑了，默默地尽对我呆看。我看了这种样子，更觉得伤心难耐，就把我的颜面俯上他的脸去，紧紧地吻了他一回。他呆了一会，就在我的怀里睡着了。

火车行行前进，我看看车窗外的野景，忽而想起去年你带我出来的时候的景象。啊啊！去岁的初秋，你我一路出来上 A 地去的快乐的旅行，和这一回惨败了回来的情状一比，当时的感慨如何，大约是你所能推想得出的罢！

在江干的旅馆里过了一夜，第二天的早晨，我差茶房送了一个信给住在江干的我的母舅，他就来了。

把我的行李送上轮船之后，买了票子，他又来陪我上船去。龙儿硬不要他抱，所以我只能抱着龙儿，跟在他后面，一步一步地走上那骇人的跳板去，等跳板走尽的时候，我想把龙儿交给母舅，纵身一跳，跳入钱塘江里去的。但是仔细一想，在昏夜的扬子江边还淹不死的我，在白日的这浅渚里，又哪里能达到我的目的？弄得半死不活，走回家去，反而要被人家笑话，还不如忍着罢。

我到家以后，这几天里，简直还没有取过饮食，所以也没有气力写信给你，请你谅我。……

五

啊啊，贫贱夫妻百事哀！我的女人吓，我累你不少了。

我走上了驳船，在船篷下坐定之后，就把三个月前，在上海北站，送我女人回家的事情想了出来。忘记了我的周围坐着的同行者，忘记了在那里摇动的驳船，并且忘记了我自家的失意的情怀，我只见清瘦的我的女人抱了我们的营养不良的小孩在火车窗里，在对我流泪。火车随着蒸气机关在那里前进，她的眼泪洒满的苍白的脸儿，也和车轮合着了拍子，一隐一现地在那里窥探我。我对她点一点头，她也对我点一点头。我对她手招一招，教她等我一忽，她也对我手招一招。我想使尽我的死力，跳上火车去和她坐一块儿，但是心里又怕跳不上去，要跌下来。我迟疑了许久，看她在窗里的愁容，渐渐地远下去，淡下去了，才抱定了决心，站起来向前面伸出了一只手去。我攀着了一根铁干，听见了一声咚咚的冲击的声音，纵身向上一跳，觉得双脚踏在木板上了。忽有许多嘈杂的人声，逼上我的耳膜来，并且有几只强有力的手，突突地向我背后推打了几下。我回转头来一看，方知是驳船到了轮船身边，大家在争先地跳上轮船来，我刚才所攀着的铁干，并不是火车的回栏，我的两脚也并不是在火车中间，却踏在小轮船的舷上了。

我随了众人挤到后面的烟篷角上去占了一个位置，静坐了几分钟，把头脑休息了一下，方才从刚才的幻梦状态里醒了转来。

向窗外一望，我看见透明的淡蓝色的江水，在那里返射日光。更抬头起来，望到了对岸，我看见一条黄色的沙滩，一排苍翠的杂树，静静地躺在午后的阳光里吐气。

我弯了腰背孤伶仃的地坐了一忽，轮船开了。在闸口停了一停，这一只同小孩子的玩具似的小轮船就仆独仆独地奔向西去。两岸的树林沙渚，旋转了好几次，江岸的草舍，农夫，和偶然出现的鸡犬小孩，都好像是和平的神话里的材料，在那里等赫西奥特（Hesiod）的吟咏似的。

经过了闻家堰，不多一忽，船就到了东江嘴，上临浦义桥的船客，是从此地换入更小的轮船，溯支江而去的。买票前和我坐在一起的那两个农民，被茶房拉来拉去地拉到了船边，将换入那只等在那里的小轮船去的时候，一个和我讲话过的人，忽而回转头来对我看了一眼，我也不知不觉地回了他一个目礼。啊啊！我真想跟了他们跳上那只小轮船去，因为一个钟头之后，我的轮船就要到富阳了，这回前去停船的第一个码头，就是富阳了，我有什么面目回家去见我的衰亲，见我的女人和小孩呢？

但是命运注定的最坏的事情，终究是避不掉的。轮船将近我故里的县城的时候，我的心脏的鼓动也和轮船的机器一样，仆独仆独地响了起来。等船一靠岸，我就杂在众人堆里，披了一身使人眩晕的斜阳，俯着首走上岸来。上岸之后，我却走向和回家的路径方向相反的一个冷街上的土地庙去坐了两点多钟。等太阳下山，人家都在吃晚饭的时候，我方才乘了夜阴，走上我们家里的后门边去。我侧耳一听，听见大家都在庭前吃晚饭，偶尔传过来的一声我女人和母亲的说话的声音，使我按不住地想奔上前去，和她们去说一句话，但我终究忍住了。乘后门边没有一个人在，我就放大了胆，轻轻推开了门，不声不响地摸上楼上我的女人的房里去睡了。

晚上我的女人到房里来睡的时候，如何的惊惶，我和她如何的对泣，我们如何的又想了许多谋自尽的方法，我在此地不记下来了，因为怕人家说我是为欲引起人家的同情的缘故，故意地在夸张我自家的苦处。

我的照片

陆小曼

真奇怪！我前些日看见《飘》上有一张照片，悬十万元的赏，让大家猜是谁，结果居然有大半的人猜是我，这真使我惊奇，难道真的，我自己也不认识我自己了么？虽然说老少不能相比，可是看眼耳鼻的样子总不会改的吧！况且我自己对我自己的装饰，我总不会忘记的，我的头发从来没有这样梳过，尤其是对于侧面的照片，我是很少照的，所以我看来看去，想来想去，我可以决定她不是我！

秋翁写的一篇文字更使我奇讶！他是见过我的，认识我的，怎么也会说是我呢！还说有照片为证，这真叫我糊涂死了，有机会我一定想着问他要来看；他的盛意我是非常感谢的，我这十几年来可算是像坐关似的一样静，我简直是不出大门一步，难得有要紧的事出去一次，一年也没有几次，一天到晚只是在家静养，只有老朋友来看我，我是没有会看人家的时候，多蒙许多人倒常常观念着我的生活，使我十分安慰。一个艺人的生活，在这个年头，能糊里糊涂地一天天往下过，就算不错，要怎样享受是办不到的，所以我也相当的安慰，我不苛求，我也不需要别人金钱上的扶助，我只是量入而出，过着一种平等的日子，荣华富贵的日子，绝不是像我这种不幸的人应该有的，所以我很安静地忍受着现在的环境。人生本是梦，梦长与梦短而已，还不是一样地一天天过去。等待着一旦梦醒，好与坏还不是一样！

关于我的照片，我是没有一张不记得的，除非是别人在我不留心的时候偷着拍去的，其余的我都有数目的，在北京照的有很多好的，可是我到上海的时候已经快没有了，在上海我根本没有照过几次，所照的也都是大张的美术照片，所以在《飘》登的那一张，我可以很清楚地记得，那并不是我。

现在虽然已经老了，可是我想一个人老少的分别，只不过在胖瘦，或是皮肤生了皱纹，至于眉眼的大小等，大约不会改到完全不一样的成分，这是我的理想，不知对不对。我想今年我也许可以有转机，好像有了一点健康的机会了，等天气和暖一点的时候，我一定要去照一张现在的我看看，不知道照出来成何样子，因为我已经有二十年不拍照了，到那时候，我一定会让大家看看，让关怀着我的人看看，二十年后的我是一个什么样子，让看过二十年前的我的照片的人，再看一看现在的我——对照一下，一个不同时代的女人，分别是怎样的？不过在我看来，若是女人能有永远好的环境，自己好好地保养，她的青春是不大容易就消失的。精神上的安慰和环境的好坏，是能给人一个不同的收获的。

我近年来对于自己的修饰上是早已不关心的了，在家的时候简直连镜子都不大照，也懒得照，好看又怎样？不好看又有什么？我还感觉到美貌给女人永远带来坏运气，难得是幸福的，还是平平常常的也许还可以过一个平平常常的安逸的日子，有了美貌常会不知不觉地同你带来许多意外的麻烦的，不知我的感觉对不对？连我自己都不知道了，文立要我写稿子，我是久不动笔了，可巧为《飘》上的照片事有所感，所以随便乱涂了几句，也算了一件心事。

至于最近的照片，只有等我去拍了再刊登了。

中秋夜感

陆小曼

并不是我一提笔就离不开志摩,就是手里的笔也不等我想就先抢着往下溜了;尤其是在这秋夜!窗外秋风卷着落叶,沙沙的幽声打入我的耳朵,更使我忘不了月夜的回忆、眼前的寂寥。本来是他带我认识了笔的神秘,使我感觉到这一支笔的确是人的一个唯一的良伴:它可以泄你满腹的忧怨,又可以将不能说的、不能告人的话诉给纸笔,吐一口胸中的积闷。所以古人常说不穷做不出好诗,不怨写不出好文。的确,回味这两句话,不知有多少深意。我没有遇见摩的时候,我是一点也不知道走这条路,怨恨的时候只知道拿了一支香烟满屋子转,再不然就蒙着被头暗自饮泣。自从他教我写日记,我才知道这支笔可以代表一切,从此我有了吐气的法子了。可是近来的几年,我反而不敢亲近这支笔,怕的是又要使神经有灵性,脑子里有感想。岁数一年年长长,人生的一切也一年年地看得多,可是越看越糊涂。这幻妙的人生真使人难说难看,所以简直的给它一个不想不看最好。

前天看摩的自剖,真有趣!只有他想得出这样离奇的写法,还可以将自己剖得清清楚楚。虽然我也想同样地剖一剖自己,可是苦于无枝无杆可剖了。连我自己都说不出我究竟是怎样的一个人。我只觉得留着的不过是有形无实的一个躯壳而已。活着不过是多享受一天天物质上的应得，多看一点新奇古怪的戏闻。我只觉人生的可怕，简直今天不知道明天又有什么变化；过一天好像是捡着一天似的，谁又能预料哪一天是最后的一天呢？生与死的距离是更短在咫尺了！只要看志摩！他不是已经死了快十年了吗？在这几年中，我敢说他的影像一天天在人们的脑中模糊起来了，再过上几年不是完全消灭了吗？谁不是一样？我们溜到人世间也不过是打一转儿，转得好与歹的不同而已，除了几个留下著作的也许还可以多让人们纪念几年，其余的还不是同镜中的幻影一样？所以我有时候自己老是呆想：也许志摩没有死。生离与死别时候的影像在谁都是永远切记在心头的；在那生与死交迫的时候是会有不同的可怕的样子，使人难舍难忘的。可是他的死来得太奇特，太匆忙！那最后的一忽儿会一个人都没有看见；不要说我，怕也有别人会同样的不相信的。所以我老以为他还是在一个没有人迹的地方等着呢！也许会有他再出来的一天的。他现在停留的地方虽然我们看不见，可是我一定相信也是跟我们现在所处的一样，又是一个世界而已；那一面的样子，虽然常有离奇的说法，异样的想象，只可恨没有人能前往游历一次，而带一点新奇的事回来。不过一样事我可以断定，志摩虽然说离了躯壳，他的灵魂是永远不会消灭的。我知道他一定时常在我们身旁打转，看着我们还是在这儿做梦似的混，暗笑我们的痴呆呢！不然在这样明亮的中秋月下，他不知道又要给我们多少好的诗料呢！

说到诗，我不牢骚，实在是不能不说。自从他走后，这几年来我最注意到而使我失望的就是他所最爱的诗好像一天天的在那儿消灭了，作诗的人们好像没有他在时那样热闹了。也许是他一走带去了人们不少的诗意；更可以说提起作诗就免不了使人怀念他的本人，增加无限离情，就像我似的一提笔就更感到死别的惨痛。不过我也不敢说一定，或许是我看见得少，尤其是在目前枯槁的海边上，更不容易产出什么新进的诗人。可是这种感觉不仅属于我个人，有几个朋友也有这同样的论调。这实在是一件可憾的事！他若是在也要感觉到痛心的。所以那天我睡不着的时候，来回地想：走的，我当然没有法子拉回来；可是无论如何我一定要想法子引起诗人们的诗兴才好，不然志摩的灵魂一定也要在那儿着急的。只要看他在的时候，每一次见着一好诗，他是多么高兴地唱读；有天才的，他是怎样地引导着他们走进诗门；要是有一次发现一个新的诗人，他一定跳跃得连饭都可以少吃一顿。他一生所爱的唯有诗，他常叫我做，劝我学。"只要你随便写，其余的都留着我来改。哪一个初学者不是大胆地涂？谁又能一写就成了绝句？只要随时随地，见着什么而有所感，就立刻写下来，不就慢慢地会了？"这几句话是我三天两头儿听见的。虽然他起足了劲儿，可是我始终没有学过一次，这也是使他灰心的。现在我想着他的话，好像见着他那活跃的样子，而同时又觉得新出品又那样少，所以我也大胆地来诌两句。说实话，这也不能算是诗，更不成什么格；教我的人，虽然我敢说离着我不远，可是我听不到他的教导，更不用说与我改削了，只能算一时所感觉着的随便写了下来就是。我不是要臭美，我只想抛砖引玉：也许有人见到我的苦心，不想写的也不忍不写两句，以慰多年见不到的老诗人，至少让他的灵魂也再快乐一次。不然像我那样的诗不要说没有表的可能性，简直包花生米都嫌它不够格儿呢！

第四部分

不念过去，不惧未来

亲爱的，告诉自己，你已经长大，不念过去，不惧将来，才是你面对生活最好的姿态。

习惯

老舍

不管别位，以我自己说，思想是比习惯容易变动的。每读一本书，听一套议论，甚至看一回电影，都能使我的脑子转一下。脑子的转法像是螺丝钉，虽然是转，却也往前进。所以，每转一回，思想不仅变动，而且多少有点进步。记得小的时候，有一阵子很想当"黄天霸"。每逢四顾无人，便掏出瓦块或碎砖，回头轻喊：看镖！有一天，把醋瓶也这样出了手，几乎挨了顿打。这是听《五女七贞》的结果。及至后来读了托尔斯泰等人的作品，就是看杨小楼扮演的"黄天霸"，也不会再扔醋瓶了。你看，这不仅是思想老在变动，而好歹的还高了一二分呢。

习惯可不能这样。拿吸烟说吧，读什么，看什么，听什么，都吸着烟。图书馆里不准吸烟，干脆就不去。书里告诉我，吸烟有害，于是想戒烟，可是想完了，照样地点上一支。医院里陈列着"烟肺"也看见过，颇觉恐慌，我也是有肺动物啊！这点嗜好都去不掉，连肺也对不起呀，怎能成为英雄呢?!思想很高伟了；及至吃过饭，高伟的思想又随着蓝烟上了天。有的时候确是坚决，半天儿不动些小白纸卷，而且自号为理智的人——对面是习惯的人。后来也不是怎么一股劲，连吸三支，合着并未吃亏。肺也许又黑了许多，可是心还跳着，大概一时还不至于死，这很足自慰。什么都这样。按说一个自居"摩登"的人，总该常常携着夫人在街上走走了。我也这么想过，可是做不到。大家一看，我就毛咕，"你慢慢走着，咱们家里见吧！"把夫人落在后边，我自己迈开了大步。什么"尖头曼""方头曼"的，不管这一套。虽然这么说，到底觉得差一点。从此再不去双双走街。

明知电影比京戏文明些，明知京戏的锣鼓专会供给头疼，可是嘉宝或红发女郎总胜不过杨小楼去。锣鼓使人头疼得舒服，仿佛是吧。同样，冰激凌，咖啡，青岛洗海澡，美国桔子，都使我摇头。酸梅汤，香片茶，裕德池，肥城桃，老有种知己的好感。这与提倡国货无关，而是自幼儿养成的习惯。年纪虽然不大，可是我的幼年还赶上了野蛮时代。那时候连皇上都不坐汽车，可想见那是多么野蛮了。

跳舞是多么文明的事呢，我也没份儿。人家印度青年与日本青年，在巴黎或伦敦看见跳舞，都讲究馋得咽唾沫。有一次，在艾丁堡，跳舞场拒绝印度学生进去，有几位差点上了吊。还有一次在海船上举行跳舞会，一个日本青年气得直哭，因为没人招呼他去跳。有人管这种好热闹叫作猴子的摹仿，我倒并不这么想。在我的脑子里，我看这并不成什么问题，跳不能叫印度登时独立，也不能叫日本灭亡。不跳呢，更不会就怎样了不得。可是我不跳。一个人吃饱了没事，独自跳跳，还倒怪好。叫我和位女郎来回地拉扯，无论说什么也来不及。看着就不顺眼，不用说真去跳了。这和吃冰激凌一样，我没有这个胃口。舌头一凉，马上联想到泻肚，其实心里准知道并没危险。

还有吃西餐呢。干净，有一定的分量，好消化，这些我全知道。不过吃完西餐要不补充上一碗馄饨两个烧饼，总觉得怪委屈的。吃了带血的牛肉，喝凉水，我一定跑肚。想象的作用。这就没有办法了，想象真会叫肚子山响！

对于朋友，我永远爱交老粗儿。长发的诗人，洋装的女郎，打微高尔夫的男性女性，咬言咂字的学者，满跟我没缘。看不惯。老粗儿的言谈举止是咱自幼听惯看惯的。一看见长发诗人，我老是要告诉他先去理发；即使我十二分佩服他的诗才，他那些长发使我堵得慌。家兄永远到"推剃两从便"的地方去"剃"，亮堂堂的很悦目。女子也剪发，在理论上我极同意，可是看着别扭。问我女子该梳什么"头"，我也答不出，我总以为女性应留着头发。我的母亲，我的大姐，不都是世界上最好的女人么？她们都没剪发。

行难知易，有如是者。

头一天

老舍

那时候（一晃儿十年了！），我的英语就很好。我能把它说得不像英语，也不像德语，细听才听得出——原来是"华英官话"。那就是说，我很艺术地把几个英国字匀派在中国字里，如鸡兔之同笼。英国人把我说得一楞一楞的，我可也把他们说得直眨眼；他们说的他们明白，我说的我明白，也就很过得去了。

给它个死不下船，还有错儿么？！反正船得把我运到伦敦去，心里有底！

果然一来二去地到了伦敦。船停住不动，大家都往下搬行李，我看出来了，我也得下去。什么码头？顾不得看；也不顾问，省得又招人们眨眼。检验护照。我是末一个——英国人不像咱们这样客气，外国人得等着。等了一个多钟头，该我了。两个小官审了我一大套，我把我心里明白的都说了，他俩大概没明白。他们在护照上盖了个戳儿，我"看"明白了："准停留一月 Only"（后来由学校晏请内务部把这个给注销了，不在话下。）管它 Only 还是"哼来"，快下船哪，别人都走了。敢情还得检查行李呢。这回很干脆："烟？"我说"no"；"丝？"又一个"no"。皮箱上画了一道符，完事。我的英语很有根了，心里说。看别人买车票，我也买了张；大家走，我也走；反正他们知道上哪儿。他们要是走丢了，我还能不陪着么？上了火车。火车非常的清洁舒服。越走，四外越绿，高高低低全是绿汪汪的。太阳有时出来，有时进去，绿地的深浅时时变动。远处的绿坡托着黑云，绿色特别的深厚。看不见庄稼，处处是短草，有时看见一两只摇尾食草的牛。这不是个农业国。

易教授住在 Barnet，所以他也在那里给我找了房。这虽在"大伦敦"之内，实在是属 Hertfordshire，离伦敦有十一哩，坐快车得走半点多钟。我们就在原车站上了车，赶到车快到目的地，又看见大片的绿草地了。下了车，易先生笑了。说我给带来了阳光。果然，树上还挂着水珠，大概是刚下过雨去。

车停在 CannonStreet。大家都下来，站台上不少接客的男女，接吻的声音与姿式各有不同。我也慢条斯理地下来；上哪儿呢？啊，来了救兵，易文思教授向我招手呢。他的中国话比我的英语应多得着九十多分。他与我一人一件行李，走向地道车站去；有了他，上地狱也不怕了。坐地道火车到了 Liverpool Street。这是个大车站，把行李交给了转运处，他们自会给送到家去。然后我们喝了杯啤酒，吃了块点心。车站上，地道里，转运处，咖啡馆，给我这么个印象：外面都是乌黑不起眼，可是里面非常的清洁有秩序。后来我慢慢看到，英国人也是这样。脸板得要哭似的，心中可是很幽默，很会讲话。他们慢，可是有准。易教授早一分钟也不来；车进了站，他也到了。他想带我上学校去，就在车站的外边。想了想，又不去了，因为这天正是礼拜。他告诉我，已给我找好了房，而且是和许地山在一块。我更痛快了，见了许地山还有什么事作呢，除了说笑话？

正是九月初的天气，地上潮阴阴的，树和草都绿得鲜灵灵的。由车站到住处还要走十分钟。街上差不多没有什么行人，汽车电车上也空空的。礼拜天。街道很宽，铺户可不大，都是些小而明洁的，此处已没有伦敦那种乌黑色。铺户都关着门，路右边有一大块草场，远处有一片树林，使人心中安静。

将要作我的寓所的也是所两层的小房，门外也种着一些花，虽然没有什么好的，倒还自然；窗沿上悬着一两枝灰粉的豆花。房东是两位老姑娘，姐已白了头，胖胖的很傻，说不出什么来。妹妹作过教师，说话很快，可是很清晰，她也有四十上下了。妹妹很尊敬易教授，并且感谢他给介绍两位中国朋友。许地山在屋里写小说呢，用的是一本油盐店的账本，笔可是钢笔，时时把笔尖插入账本里去，似乎表示着力透纸背。

房子很小：楼下是一间客厅，一间饭室，一间厨房。楼上是三个卧室，一个浴室。由厨房出去，有个小院，院里也有几棵玫瑰，不怪英国史上有玫瑰战争，到处有玫瑰，而且种类很多。院墙只是点矮矮的木树，左右邻家也有不少花草，左手里的院中还有几株梨树，挂了不少果子。我说"左右"，因自从在上海便转了方向，太阳天天不定从哪边出来呢！

最使我忘不了的是一进了胡同：Carnarvon Street。这是条不大不小的胡同。路是柏油碎石子的，路边上还有些流水，因刚下过雨去。两旁都是小房，多数是两层的，瓦多是红色。走道上有小树，多像冬青，结着红豆。房外二尺多的空地全种着花草，我看见了英国的晚玫瑰。窗都下着帘，绿蔓有的爬满了窗沿。路上几乎没人，也就有十点钟吧，易教授的大皮鞋响声占满了这胡同，没有别的声。那些房子实在不是很体面，可是被静寂，清洁，花草，红绿的颜色，雨后的空气与阳光，给了一种特别的味道。它是城市，也是村庄，它本是在伦敦作事的中等人的居住区所。房屋表现着小市民气，可是有一股清香的气味，和一点安适太平的景象。

这所小房子里处处整洁，据地山说，都是妹妹一个人收拾的；姐姐本来就傻，对于工作更会"装"傻。他告诉我，她们的父亲是开面包房的，死时把买卖给了儿子，把两所小房给了二女。姊妹俩卖出去一所，把钱存起吃利；住一所，租两个单身客，也就可以维持生活。哥哥不管她们，她们也不求哥哥。妹妹很累，她操持一切；她不肯叫住客把硬领与袜子等交洗衣房：她自己给洗并烫平。在相当的范围内，她没完全商业化了。

易先生走后，姐姐戴起大而多花的帽子，去作礼拜。妹妹得作饭，只好等晚上再到教堂去。她们很虔诚；同时，教堂也是她们唯一的交际所在。姐姐并听不懂牧师讲的是什么，地山告诉我。路上慢慢有了人声，多数是老太婆与小孩子，都是去礼拜的。偶尔也跟着个男人，打扮得非常庄重，走路很响，是英国小绅士的味儿。邻家有弹琴的声音。

饭后，又没了声音。看着屋外的阳光出没，我希望点蝉声，没有。什么声音也没有。连地山也不讲话了。寂静使我想起家来，开始写信。地山又拿出账本来，写他的小说。

饭好了，姐姐才回来，傻笑着。地山故意地问她，讲道的内容是什么？她说牧师讲得很深，都是哲学。饭是大块牛肉。由这天起，我看见牛肉就发晕。英国普通人家的饭食，好处是在干净；茶是真热。口味怎样，我不敢批评，说着伤心。

伦敦边上的小而静的礼拜天。

"天凉好个秋"

郁达夫

全先生的朋友说：中国是没有救药的了，但中国是有救药得很。季陶先生说：念佛拜忏，可以救国。介石先生说：长期抵抗，可以救国。行边会议的诸先生说：九国公约，国际联盟，可以救国。汉卿先生说：不抵抗，枕戈待旦，可以救国。血魂团说：炸弹可以救国。青年党说：法雪斯蒂可以救国。这才叫，戏法人人会变，只有巧妙不同。中国是大有救药在哩，说什么没有救药？

九一八纪念，只许沉默五分钟，不许民众集团集会结社。

中国的国耻纪念日，却又来得太多，多得如天主教日历上的殉教圣贤节一样，将来再过一百年二百年，中国若依旧不亡，那说不定，一天会有十七八个国耻纪念。长此下去，中国的国民，怕只能成为哑国民了，因为五分钟五分钟地沉默起来，却也十分可观。

韩刘打仗，通电上都有理由，却使我不得不想起在乡下春联摊上，为过旧历年者所老写的一副对来，叫作"公说公有理，婆说婆有理，大家有理。你过你新年，我过我新年，各自新年"。

百姓想做官僚军阀，官僚军阀想做皇帝，做了皇帝更想成仙。秦始皇对方士说："世间有没有不死之药的？若有的话，那我就吃得死了都也甘心，务必为朕去采办到来！"只有没出息的文人说："愿作鸳鸯不羡仙。"

吴佩孚将军谈仁义，郑××对李顿爵士也大谈其王道，可惜日本的参谋本部陆军省和日内瓦的国际联盟，不是孔孟的弟子。

故宫的国宝，都已被外国的收藏家收藏去了，这也是当局者很好的一个想头。因为要看的时候，中国人是仍旧可以跑上外国去看的。一个穷学生，半夜去打开当铺的门来，问当铺里现在是几点钟了？因为他那个表，是当铺里为他收藏在那里的，不就是这个意思么？

伦敦的庚款保管购办委员会，因为东三省已被日人占去，筑路的事情搁起，铁路材料可以不必再买了，正在对余下来的钱，想不出办法来。而北平的小学教员，各地的教育经费，又在各闹饥荒。我想，若中国连本部的十八省，也送给了日人的话，岂不更好？因为庚款的余资，更可以有余，而一般的教育，却完全可以不管。

节制生育，是新马尔萨斯主义，中国军阀的济南保定等处的屠杀，中部支那的"剿匪"，以及山东等处的内战，当是新新马尔萨斯主义。甚矣哉，优生学之无用也。因为近来有人在说："节产不对，择产为宜"，我故而想到了这一层。

有话则长，无话则短，不想再写了，来抄一首辛稼轩的《丑奴儿》词，权作尾声："少年不识愁滋味，爱上层楼，爱上层楼，为赋新词强说愁。而今识尽愁滋味，欲说还休，欲说还休，却道天凉好个秋。"

文艺与爱国

闻一多

铁狮子胡同大流血之后《诗刊》就诞生了，本是碰巧的事，但是谁能说《诗刊》与流血——文艺与爱国运动之间没有密切的关系？

"爱国精神在文学里，"我让德林克瓦特讲，"可以说是与四季之无穷感兴，与美的逝灭，与死的逼近，与对妇人的爱，是一种同等重要的题目。"爱国精神之表现于中外文学里已经是层出不穷，数不胜数了。爱国运动能够和文学复兴互为因果，我只举最近的一个榜样——爱尔兰，便是明确的证据。

我们的爱国运动和新文学运动何尝不是同时发轫的？他们原来是一种精神的两种表现。在表现上两种运动一向是分道扬镳的。我们也可以说正因为他们没有携手，所以爱国运动的收效既不大，新文学运动的成绩也就有限了。

爱尔兰的前例和我们自己的事实已经告诉我们了：这两种运动合起来便能互收效益，分开来定要两败俱伤。所以《诗刊》的诞生刚刚在铁狮子胡同大流血之后，本是碰巧的；我却希望大家要当他不是碰巧的。我希望爱自由，爱正义，爱理想的热血要流在天安门，流在铁狮子胡同，但是也要流在笔尖，流在纸上。

同是一种热烈的情怀，犀利的感觉，见一片红叶掉下地来，便要百感交集，"泪浪滔滔"，见了十三龄童的赤血在地下踩成泥浆子，反而漠然无动于衷。这是不是不近人情？我并不要诗人替人道主义同一切的什么主义捧场。因为讲到主义便是成见了。理性铸成的成见是艺术的致命伤；诗人应该能超脱这一点。诗人应该是一张留声机的片子，钢针一碰着他就响。他自己不能决定什么时候响，什么时候不响。他完全是被动的。他是不能自主，不能自救的。诗人做到了这个地步，便包罗万有，与宇宙契合了。换句话说，这就是所谓伟大的同情心——艺术的真源。

并且同情心发达到极点，刺激来得强，反动也来得强，也许有时仅仅一点文字上的表现还不够，那便非现身说法不可了。所以陆游一个七十衰翁要"泪洒龙床请北征"，拜伦要战死在疆场上了。所以拜伦最完美，最伟大的一首诗也便是这一死。所以我们觉得诸志士们三月十八的死难不仅是爱国，而且是最伟大的诗。我们若得着死难者的热情的一部分，便可以在文艺上大成功；若得着死难者的热情的全部，便可以追他们的遗迹，杀身成仁了。

因此我们就将《诗刊》开幕的一日最虔诚地献给这次死难的志士们了！

暗途

许地山

"我的朋友,且等一等,待我为你点着灯,才走。"

吾威听见他的朋友这样说,便笑道:"哈哈,均哥,你以我为女人么?女人在夜间走路才要用火;男子,又何必呢?不用张罗,我空手回去罢——省得以后还要给你送灯回来。"

吾威的村庄和均哥所住的地方隔着几重山,路途崎岖得很厉害。若是夜间要走那条路,无论是谁,都得带灯。所以均哥一定不让他暗中摸索回去。

均哥说:"你还是带灯好。这样的天气,又没有一点月影,在山中,难保没有危险。"

吾威说:"若想起危险,我就回去不成了……"

"那么,你今晚上就住在我这里,如何?"

"不，我总得回去，因为我的父亲和妻子都在那边等着我呢。"

"你这个人，太过执拗了。没有灯，怎么去呢？"均哥一面说，一面把点着的灯切切地递给他；他仍是坚辞不受。

他说："若是你定要叫我带着灯走，那让我更不敢走。"

"怎么呢？"

"满山都没有光，若是我提着灯走，也不过是照得三两步远，且要累得满山的昆虫都不安。若凑巧遇见长蛇也冲着火光走来，可又怎办呢？再说，这一点的光可以把那照不着的地方越显得危险，越能使我害怕。在半途中，灯一熄灭，那就更不好办了。不如我空着手走，初时虽觉得有些妨碍，不多一会，什么都可以在幽暗中辨别一点。"

他说完，就出门。均哥还把灯提在手里，眼看着他向密林中那条小路穿进去，才摇摇头说："天下竟有这样怪人！"

吾威在暗途中走着，耳边虽常听见飞虫、野兽的声音，然而他一点害怕也没有。在蔓草中，时常飞些萤火出来，光虽不大，可也够了。他自己说："这是均哥想不到，也是他所不能为我点的灯。"

那晚上他没有跌倒，也没有遇见毒虫野兽，安然地到他家里。

落花生

许地山

我们家的后园有半亩空地。母亲说:"让它荒着怪可惜的,你们那么爱吃花生,就开辟出来种花生吧。"我们姐弟几个都很高兴,买种、翻地、播种、浇水,没过几个月,居然收获了。

母亲说:"今晚我们过一个收获节,请你们的父亲也来尝尝我们的新花生,好不好?"母亲把花生做成了好几样食品,还吩咐就在后园的茅亭里过这个节。

晚上天色不大好。可父亲也来了,实在很难得。

父亲说:"你们爱吃花生吗?"

我们争着答应:"爱!"

"谁能把花生的好处说出来?"

姐姐说:"花生的味儿美。"

哥哥说:"花生可以榨油。"

我说:"花生的价钱便宜,谁都可以买来吃,都喜欢吃。这就是它的好处。"

父亲说:"花生的好处很多,有一样最可贵:它的果实埋在地里,不像桃子、石榴、苹果那样,把鲜红嫩绿的果实高高地挂在枝头上,使人一见就生爱慕之心。你们看它矮矮地长在地上,等到成熟了,也不能立刻分辨出来它有没有果实,也必须挖起来才知道。"

我们都说是,母亲也点点头。

父亲接下去说:"所以你们要像花生,它虽然不好看,可是很有用。"

我说:"那么,人要做有用的人,不要做只讲体面,而对人没有好处的人。"

父亲说:"对。这是我对你们的希望。"

我们谈到深夜才散。花生做的食品都吃完了,父亲的话深深地印在我的心上。

迂缓与麻木

郑振铎

自上海大残杀案发生后,我们益可看出我们中国民族的做事是如何地迂缓迟钝,头脑是如何地麻木不灵。我揣想,如此地空前大残杀案一发生,南京路以及各街各路的商店总应该立刻有极严重的表示。

然而竟不然!此事发生时,我不知其情形如何;然而当发生后二小时,我到了南京路,却还不见有一丝一毫的大雷雨扫荡后的征象。直到了先施公司之西,行人才渐渐地拥挤,多半伫立而偶语。

至于商店呢,一若无事然,仍旧大开着门欢迎顾客。只有当枪弹之冲的七八家商店关上了店门。我不明白,我们民族的举动为什么如此地迂缓迟钝!也许是大家故示镇定,正在商议对付方法罢?!

夜间,我再到外面作第二次的观察。一路上毫无什么可注意的现象。各酒楼上,弦歌之声,依然鼎沸。各商店灯火辉煌,人人在欢笑,在嘲谑。

我在自疑,上海不是很大的地方,交通也不算不方便,电话、电车、汽车、马车、人力车，全都有，为什么这样重大的消息传播得如此的迂慢？

我不敢相信又不能不相信："上海难道竟是一个至治之邦，'鸡犬之声相闻，民至老死不相往来'的么？"

又到了南京路，各商店仍旧是大开着门欢迎顾客，灯光如白昼的明亮，人众憧憧地进出。依然的，什么大雷雨扫荡的痕迹也没有，什么特异的悲悼的表示也没有！

直行至老闸捕房口，才觉得二三丈长的这一段路，灯火是较平常暗淡些，闭了的商店门也未全开。英捕与印捕，乘了高头大马，闯上行人道，用皮鞭驱打行人。被打的人在东西逃避。一个青年，穿着长衫的，被驱而避于一家商店的檐下，英捕还在驱他。他只是微笑地躲避着皮鞭。什么反抗的表示也没有。这给我以至死不忘的印象。我血沸了，我双拳握得紧紧的。他如来驱我呀，……皮鞭如打在我身上呀！……

但亏得英捕印捕并不来驱逐我。

当时如有什么军器在手，我必先动手打死了这些无人道的野兽再说！再走过去，景象一如平日，又是什么大雷雨扫荡的痕迹也没有。

我又在自疑：为什么我们还没有什么严重的悲悼的表示呢！？难道商界领袖竟没有在商议这事么？难道在商议而尚未确定办法么？

"迟钝，迟钝！"我暗暗地自叫着。

回转身，到西藏路，望见宁波同乡会门口有黑压压的一大堆人。我吃了一惊："又发生了什么事？"

也许商界在这里会议？群众在这里候大消息的宣布？"匆匆地走近，"失望"立刻抓住了我的心，我的热泪立刻聚挤在眼眶中了。原来是一个什么"南大附中平民学校游艺会"正在那里开会！

我自己愤骂道："还开什么游艺会！还不立刻停止么！"

唉，我失望，什么也使我失望！第二天是星期日，我又出去观察一次，还是什么悲悼的表示也没有。

"迟钝呀！麻木呀！！"我又在自叫着。

下午是某人为他的父母在徐园做双寿，有程艳秋的堂会。我不能不去拜寿，一半因为大家都出去了，什么朋友也找不到，正好趁空到徐园去，一半也要借此探听些消息。

但我揣想，堂会是一定没有了，客一定不多，也许"双寿"竟至于改期举行。到了徐园门口，又使我明白我的揣想是完全错了。什么都依旧进行。厅上黑压压地坐着许多骄贵的绅士们，艳装的太太们，都在等候着看戏。

招呼了几个熟人，谈起了昨天的大残杀，他们也附和着说道："不应该，不应该！"然而显然的，他们的脸上，眼中，没有一丝一毫的同情，没有一丝一毫的悲愤（也许我的观察错了，请他们原谅）！

大家说完了话，又静静地等候着看戏。我没有听见再有什么人说起一句关于这个大残杀案的话。"麻木，淡漠，冷酷？！ 为什么？"我任怎样也揣想不出。

约有四十小时是在如此的平安而镇定中度过去。到了第三天早晨，商店才不复照例开门。听说还是学生们包围强迫的结果。事后，商会的副会长想登报声明，这次议决罢市是被迫的。亏得被较明白的人劝阻住了。

"唉！迂缓、麻木、冷酷！为什么？"我任怎样也揣想不出。

谈日本文化书

周作人

实秋先生：

前日在景山后面马路上遇见王君，转达尊意，叫我写点关于日本的文章。这个我很愿意尽力，这是说在原则上，若在事实上却是很不大容易。去年五月我给《国闻周报》写了一篇小文，题曰《日本管窥》，末节有说明云：

"我从旧历新年就想到写这篇小文，可是一直没有工夫写，一方面又觉得不大好写，这就是说不知怎么写好。我不喜欢做时式文章，意思又总是那么中庸，所以生怕写出来时不大合适，抗日时或者觉得未免亲日，不抗日时又似乎有点不够客气了。"这个意思到现在还是一样，虽然并不为的是怕挨骂或吃官司。国事我是不谈的，原因是对于政治外交以及军事都不懂。譬如想说抗日，归根是要预备战才行，可是我没有一点战事的专门知识，不能赞一辞，若是"虽败犹荣"云云乃是策论文章的滥调，可以摇笔即来，人人能做，也不必来多抄他一遍了。我所想谈的平常也还只是文化的一方面，而这就不容易谈得好。在十二三年前我曾这样说过：

"中国在他独特的地位上特别有了解日本的必要与可能，但事实上却并不然，人家都轻蔑日本文化，以为古代是模仿中国，现代是模仿西洋的，不值得一看。日本古今的文化诚然是取材于中国与西洋，却经过一番调剂，成为他自己的东西，正如罗马文明之出于希腊而自成一家，所以我们尽可以说日本自有他的文明，在艺术与生活方面最为显着，虽然没有什么哲学思想。"

这几句老话在当时未必有人相信，现在更是不合时宜，但是在我这意见还是没有变，岂非顽固之至乎。日本从中国学去了汉字，才有他的文学与文字，可是在奈良时代（西历八世纪）用汉字所写的两部书就有他特殊的价值，《万叶集》或者可以比中国的《诗经》，《古事记》则是《史记》，而其上卷的优美的神话太史公便没有写，以浅陋的知识来妄说这只有希腊的故事是同类吧。平安时代的小说又是一例，紫式部的《源氏物语》五十二卷成于十世纪时，中国正是宋太宗的时候，去长篇小说的发达还要差五百年，而此大作已经出世，不可不说是一奇迹。近年英国瓦莱（A·Waley）的译本六册刊行，中国读者也有见到的了，这实在可以说是一部唐朝红楼梦，仿佛觉得以唐朝文化之丰富本应该产生这么的一种大作，不知怎的这光荣却被藤原女士抢了过去了。

江户时代的平民文学正与明清的俗文学相当，似乎我们可以不必灭自己的威风了，但是我读日本"滑稽本"还不能不承认这是中国所没有的东西。滑稽，日本音读作 kokkei，显然是从太史公的《滑稽列传》来的，中国近来却多喜欢读若泥滑滑的滑了！据说这是东方民族所缺乏的东西，日本人自己也常常慨叹，惭愧不及英国人。这所说或者不错，因为听说英国人富于"幽默"，其文学亦多含"幽默"趣味，而此幽默一语在日本常译为滑稽，虽然在中国另造了这两个译音而含别义的字，很招了人家的不喜欢，有人主张改译"酉鞣"，亦仍无济于事。且说这"滑稽"本起于文化文政年间，全没有受着西洋的影响，中国又并无这种东西，所以那无妨说是日本人自己创作的玩意儿，我们不能说比英国小说家的幽默何如，但这总可证明日本人有幽默趣味要比中国人为多了。我将十返舍一九的《东海道中膝栗毛》（膝栗毛者以脚当马，即徒步旅行也。），式亭三马的《浮世风吕》与《浮世床》（风吕者澡堂，床者今言理发处。此种汉字和用，虽似可笑，世间却多有，如希腊语帐篷今用作剧场的背景，跳舞场今用作乐队也。）放在旁边，再一回国忆我所读过的中国小说，去找类似的作品，或者一半因为孤陋寡闻的缘故，一时竟想不起来。借了两个旅人写他们路上的遭遇，或写澡堂理发铺里往来的客人的言动，本是"气质物"的流派，亚理士多德门下的退阿佛拉斯多斯（Theoplirastos）就曾经写有一册书，可算是最早，从结构上说不能变成近代的好小说，但平凡的述说里藏着会心的微笑，特别是三马的书差不多全是对话，更觉得有意思。

中国滑稽小说我想不出有什么，自《西游记》，《儒林外史》以至《何典》，《常言道》，都不很像，讲到描写气质或者还是《儒林外史》里有几处，如高翰林那种神气便很不坏，只可惜不多。总之在滑稽这点上日本小说自有造就，此外在诗文方面有"俳谐"与俳文的发展，也是同一趋势，可以值得注意的。关于美术我全是外行，不敢妄言，但是我看浮世绘（Ukiyo—e，意思是说描写现世事物的画，西洋称作日本彩色木板画者是也，真的只在公家陈列处见过几张，自己所有都只是复刻影印。）觉得这是一种很特别的民众画，不但近时的"大厨美女"就是乾隆时的所谓"姑苏板"也难以相比，他总是那么现世的，专写市井风俗，男女姿态，不取吉祥颂祷的寓意。中国后来文人画占了势力，没法子写仕女了，近代任渭长的画算有点特色，实在也是承了陈老莲的大头短身子的怪相的遗传，只能讲气韵而没有艳美，普通绣像的画工之作又都是呆板的，比文人画只有差，因为他连气韵也没了。

日本浮世绘师本来是画工，他们却至少能抓得住艳美，只须随便翻开铃木春信，喜多川歌麻吕（末二字原系拼作一字写）或矶田湖龙斋的画来看，便可知道，至于刻工印工的精致那又是别一事情。古时或者难说，现今北平纸店的信笺无论怎样有人恭维，总不能说可以赶得上他们。我真觉得奇怪，线画与木刻本来都是中国的东西，何以自己弄不好，《十竹斋笺谱》里的蠡湖洙泗等画原也很好，但与一立斋广重的木板风景画相比较，便不免有后来居上之感。我是绘画的门外汉，所说不能有完全的自信，但是，日本画源出中国而自有成就，浮世绘更有独自的特色，如不是胜过也总是异于中国同类的作品，可以说是特殊的日本美术之一，这是我相信不妨确说的了。上边拉杂地说了一通，意思无非是说日本有他的文化值得研究，至于因为与中国古代文化有密切的关系，所以这种研究也很足为我国国学家之参考，这是又一问题，这里不想说及。

这里想顺便一提的，便是谈这些文化有什么用处。老实说，这没有用处。好的方面未必能救国，坏的方面也不至卖国。近时有些时髦的呼声，如文化侵略或文化汉奸等，不过据我看来，文化在这种关系上也是有点无能为力的。

去年年终写《日本管窥之三》时，在最末一节说："但是要了解一国文化，这件事固然很艰难，而且实在又是很寂寞的。平常只注意于往昔的文化，不禁神驰，但在现实上往往不但不相同，或者还简直相反，这时候要使人感到矛盾失望。其实这是不足怪的。古今时异，一也。多寡数异，又其二也。天下可贵的事物本不是常有的，山阴道士不能写《黄庭》，曲阜童生也不见得能讲《论语》，研究文化的人想遍地看去都是文化，此不可得之事也。日本文化亦是如此，故非耐寂寞者不能着手，如或太热心，必欲使心中文化与目前事实合一，则结果非矛盾失望而中止不可，不佞尝为学生讲《日本文学与其背景》，常苦于此种质问之不能解答，终亦只能承认有好些高级的文化是过去的少数的，对于现今的多数是没有什么势力，此种结论虽颇暗淡少生意，却是从自己的经验得来，故确是诚实无假者也。"这里说得不很明白，大意是说，文化是民族的最高努力的表现，往往是一时而非永在，是少数而非全体的，故文化的高明与现实的粗恶常不一致。

　　研究文化的人对于这种事情或者只能认为无可如何，总不会反觉得愉快，譬如能鉴赏《源氏物语》或浮世绘者见了柳条沟，满洲国，藏本失踪，华北自治与走私等等，一定只觉得丑恶愚劣，不，即日本有教养的艺术家也都当如此，盖此等事既非真善亦并无美也。古今专制政治利在愚民，或用铜闭，或用宣传，务期人民心眼俱昏才为有利，今若任人领略高等文化之美，即将使其对于丑恶愚劣的设施感到嫌恶，故加以真的文化传播作专制或侵略的先锋，恰是南辕而北其辙，对于外国之"文化事业"所以实是可为而不可为，此种事业往往有名无实亦正非无故耳。乱七八糟地写了好些，终于不得要领，只好打住了。我这里只说日本文化之可以谈，但是谈的本文何时起头则尚有年无月，因为这只是在原则上要谈，事实上还须再待理会也。妄谈，多费清时，请勿罪。匆匆，顺颂撰安。

我的彼得

徐志摩

新近有一天晚上，我在一个地方听音乐，一个不相识的小孩，约莫八九岁光景，过来坐在我的身边，他说的话我不懂，我也不易使他懂我的话，那可并不妨事，因为在几分钟内我们已经是很好的朋友，他拉着我的手，我拉着他的手，一同听台上的音乐。他年纪虽则小，他音乐的兴趣已经很深：他比着手势告我他也有一张提琴，他会拉，并且说哪几个是他已经学会的调子。他那资质的敏慧，性情的柔和，体态的秀美，不能使人不爱；而况我本来是喜欢小孩们的。

但那晚虽则结识了一个可爱的小友，我心里却并不快爽；因为不仅见着他使我想起你，我的小彼得，并且在他活泼的神情里我想见了你，彼得，假如你长大的话，与他同年龄的影子。

你在时，与他一样，也是爱音乐的；虽则你回去的时候刚满三岁，你爱好音乐的故事，从你襁褓时起，我屡次听你妈与你的"大大"讲，不但是十分的有趣可爱，竟可说是你有天赋的凭证，在你最初开口学话的日子，你妈已经写信给我，说你听着了音乐便异常地快活，说你在坐车里常常伸出你的小手在车栏上跟着音乐按拍；你稍大些会得淘气的时候，你妈说，只要把话匣开上，你便在旁边乖乖地坐着静听，再也不出声不闹：——并且你有的是可惊的口味，是贝德花芬是槐格纳你就爱，要是中国的戏片，你便盖没了你的小耳决意不让无意味的锣鼓，打搅你的清听！

你的大大（她多疼你！）讲给我听你得小提琴的故事：怎样那晚上买琴来的时候，你已经在你的小床上睡好，怎样她们为怕你起来闹赶快灭了灯亮把琴放在你的床边，怎样你这小机灵早已看见，却偏不作声，等你妈与大大都上了床，你才偷偷地爬起来，摸着了你的宝贝，再也忍不住的你技痒，站在漆黑的床边，就开始你"截桑柴"的本领，后来怎样她们干涉了你，你便乖乖地把琴抱进你的床去，一起安眠。她们又讲你怎样欢喜拿着一根短棍站在桌上摹仿音乐会的导师，你那认真的神情常常叫在座人大笑。

此外还有不少趣话，大大记得最清楚，她都讲给我听过；但这几件故事已够见证你小小的灵性里早长着音乐的慧根。实际我与你妈早经同意想叫你长大时留在德国学习音乐；——谁知道在你的早殇里我们不失去了一个可能的毛赞德：在中国音乐最饥荒的日子，难得见这一点希冀的青芽，又教命运无情的脚根踏倒，想起怎不可伤？

彼得，可爱的小彼得，我"算是"你的父亲，但想起我做父亲的往迹，我心头便涌起了不少的感想；我的话你是永远听不着了，但我想借这悼念你的机会，稍稍疏泄我的积愫，在这不自然的世界上，与我境遇相似或更不如的当不在少数，因此我想说的话或许还有人听，竟许有人同情。就是你妈，彼得，她也何尝有一天接近过快乐与幸福，但她在她同样不幸的境遇中证明她的智断，她的忍耐，尤其是她的勇敢与胆量；所以至少她，我敢相信，可以懂得我话里意味的深浅，也只有她，我敢说，最有资格指证或相诠释——在她有机会时——我的情感的真际。

但我的情愫！是怨，是恨，是忏悔，是怅惘？对着这不完全，不如意的人生，谁没有怨，谁没有恨，谁没有怅惘？除了天生颟顸的，谁不曾在他生命的经途中——歌德说的——和着悲哀吞他的饭，谁不曾拥着半夜的孤衾饮泣？我们应得感谢上苍的是他不可度量的心裁，不但在生物的境界中他创造了不可计数的种类，就这悲哀的人生也是因人差异，各各不同，——同是一个碎心，却没有同样的碎痕，同是一滴眼泪，却难寻同样的泪晶。

彼得我爱，我说过我是你的父亲。但我最后见你的时候你才不满四月，这次我再来欧洲你已经早一个星期回去，我见着的只你的遗像，那太可爱，与你一撮的遗灰，那太可惨。你生前日常把弄的玩具——小车、小马、小鹅、小琴、小书——，你妈曾经件件地指给我看，你在时穿着的衣、裈、鞋、帽，你妈与你大大也曾含着眼泪从箱里理出来给我抚摩，同时她们讲你生前的故事，直到你的影像活现在我的眼前，你的脚踪仿佛在楼板上踹响。你是不认识你父亲的，彼得，虽则我听说他的名字常在你的口边，他的肖像也常受你小口的亲吻，多谢你妈与你大大的慈爱与真挚，她们不仅永远把你放在她们心坎的底里，她们也使我——没福见着你的父亲，知道你、认识你、爱你，也把你的影像、活泼、美慧、可爱，永远镂上了我的心版。

那天在柏林的会馆里，我手捧着那收存你遗灰的锡瓶，你妈与你七舅站在旁边止不住滴泪，你的大大哽咽着，把一个小花圈挂上你的门前——那时间我，你的父亲，觉着心里有一个尖锐的刺痛，这才初次明白曾经有一点血肉从我自己的生命里分出，这才觉着父性的爱像泉眼似的在性灵里汨汨地流出；只可惜是迟了，这慈爱的甘液不能救活已经萎折了的鲜花，只能在他纪念日的周遭永远无声地流转。

彼得，我说我要借这机会稍稍爬梳我年来的郁积；但那也不见得容易；

要说的话仿佛就在口边,但你要它们的时候,它们又不在口边:像是长在大块岩石底下的嫩草,你得有力量翻起那岩石才能把它不伤损地连根起出——谁知道那根长得多深!

是恨,是怨,是忏悔,是怅惘?许是恨,许是怨,许是忏悔,许是怅惘。荆棘刺入了行路人的胫踝,他才知道这路的难走;但为什么有荆棘?是它们自己长着,还是有人存心种着的?也许是你自己种下的?至少你不能完全抱怨荆棘:一则因为这道是你自愿才来走的;再则因为那刺伤是你自己的脚踏上了荆棘的结果,不是荆棘自动来刺你。——但又谁知道?因此我有时想,彼得像你倒真是聪明:你来时是一团活泼,光亮的天真,你去时也还是一个光亮,活泼的灵魂;你来人间真像是短期的作客,你知道的是慈母的爱,阳光的和暖与花草的美丽,你离开了妈的怀抱,你回到了天父的怀抱,我想他听你欣欣地回报这番作客——只尝甜浆,不吞苦水——的经验,他上年纪的脸上一定满布着笑容——你的小脚踝上不曾碰着过无情的荆棘,你穿来的白衣不曾沾着一斑的泥污。

但我们,比你住久的,彼得,却不是来作客;我们是遭放逐,无形的解差永远在后背催逼着我们赶道:为什么受罪,前途是哪里,我们始终不曾明白,我们明白的只是底下流血的胫踝,只是这无恩的长路,这时候想回头已经太迟,想中止也不可能,我们真的羡慕,彼得,像你那谪期的简净。

在这道上遭受的,彼得,还不止是难,不止是苦,最难堪的是逐步相追的嘲讽,身影似的不可解脱。我既是你的父亲,彼得,比方说,为什么我不能在你的生前,日子虽短,给你应得的慈爱,为什么要到这时候,你已经去了不再回来,我才觉着骨肉的关连?并且假如我这番不到欧洲,假如我在万里外接到你的死耗,我怕我只能看作水面上的云影,来时自来,去时自去:

正如你生前我不知欣喜，你在时我不知爱惜，你去时也不能过分动我的情感。我自分不是无情，不是寡恩，为什么我对自身的血肉，反是这般不近情的冷漠？彼得，我问为什么，这问的后身便是无限的隐痛；我不能怨，我不能恨，更无从悔，我只是怅惘，我只能问！明知是自苦的揶揄，但我只能忍受。

而况揶揄还不止此，我自身的父母，何尝不赤心地爱我；但他们的爱却正是造成我痛苦的原因：我自己也何尝不笃爱我的亲亲，但我不仅不能尽我的责任，不仅不曾给他们想望的快乐，我，他们的独子，也不免加添他们的烦愁，造作他们的痛苦，这又是为什么？在这里，我也是一般的不能恨，不能怨，更无从悔，我只是怅惘——我只能问。昨天我是个孩子，今天已是壮年；昨天腮边还带着圆润的笑涡，今天头上已见星星的白发；光阴带走的往迹，再也不容追赎，留下在我们心头的只是些揶揄的鬼影；我们在这道上偶尔停步回想的时候，只能投一个虚圈的"假使当初"，解嘲已往的一切。

但已往的教训，即使有，也不能给我们利益，因为前途还是不减启程时的渺茫，我们还是不能选择自由的途径——到那天我们无形的解差喝住的时候，我们唯一的权利，我猜想，也只是再丢一个虚圈更大的"假使"，圆满这全程的寂寞，那就是止境了。

求医

徐志摩

To understand that the sky is everywhere blue, it is not necessary to have travelled all round the world.

——Goethe

新近有一个老朋友来看我,在我寓里住了好几天。彼此好久没有机会谈天,偶尔通信也只泛泛的;他只从旁人的传说中听到我生活的梗概,又从他所听到的推想及我更深一义的生活的大致。他早把我看作"丢了"。谁说空闲时间不能离间朋友间的相知?但这一次彼此又捡起了,理清了早年息息相通的线索,这是一个愉快!单说一件事:他看看我四月间副刊上的两篇"自剖",他说他也有文章做了,他要写一篇"剖志摩的自剖"。他却不曾写:我几次逼问他,他说一定在离京前交卷。有一天他居然谢绝了约会,躲在房子里装病,想试他那柄解剖的刀。晚上见他的时候,他文章不曾做起,脸上倒真的有了病容!"不成功,"他说,"不要说剖,我这把刀,即使有,早就在刀鞘里锈住了,我怎么也拉它不出来!我倒自己发生了恐怖,这回回去非发奋不可。"打了全军覆没的大败仗回来的,也没有他那晚谈话时的沮丧!

但他这来还是帮了我的忙；我们俩连着四五晚通宵的谈话，在我至少感到了莫大的安慰。我的朋友正是那一类人，说话是绝对不敏捷的，他那永远茫然的神情与偶尔激出来的几句话，在当时极易招笑，但在事后往往透出极深刻的意义，在听着的人的心上不易磨灭的：别看他说话的外貌乱石似的粗糙，它那核心里往往藏着直觉的纯朴。他是那一类的朋友，他那不浮夸的同情心在无形中启发你思想的活动，叫逗你心灵深处的"解严"："你尽量披露你自己"，他仿佛说"在这里你没有被误解的恐怖"。我们俩的谈话是极不平等的；十分里有九分半的时光是我占据的，他只贡献简短的评语，有时修正，有时赞许，有时引申我的意思；但他是一个理想的"听者"，他能尽量地容受，不论对面来的是细流或是大水。

我的自剖文不是解嘲体的闲文，那是我个人真的感到绝望的呼声。"这篇文章是值得写的，"我的朋友说，"因为你这来冷酷的操刀，无顾恋地劈剖你自己的思想，你至少摸着了现代的意识的一角；你剖的不仅是你，我也叫你剖着了，正如歌德说的'要知道天到处是碧蓝，并用不着到全世界去绕行一周'。你还得往更深处剖，难得你有勇气下手；你还得如你说的，犯着恶心呕苦水似的呕，这时代的意识是完全叫种种相冲突的价值的尖刺给胶占住，支离了缠昏了的，你希冀恢复清醒与健康先得清理你的外邪与内热。至于你自己，因为发见病象而就放弃希望，当然是不对的；我可以替你开方。你现在需要的没有别的，你只要多多地睡！休息、休养，到时候你自会强壮。我是开口就会牵到歌德的，你不要笑；歌德就是懂得睡的秘密的一个，他每回觉得他的创作活动有退潮的趋向，他就上床去睡，真的放平了身子的睡，不是喻言，直睡到精神恢复了，一线新来的波澜逼着他再来一次发疯似的创作。你近来的沉闷，在我看，也只是内心需要休息的符号。正如潮水有涨落的现象，我们劳心的也不免同样受这自然律的支配。你怎么也不该挫气，你正应得利用这时期；休息不是工作的断绝，它是消极的活动；这正是你吸新营养取得新生机的机会。听凭地面上风吹得怎样尖厉，霜盖得怎么严密，你只要安心在泥土里等着，不愁到时候没有再来一次爆发的惊喜。"

这是他开给我的药方。后来他又跟别的朋友谈起，他说我的病——如其是病——有两味药可医，一是"隐居"，一是"上帝"。烦闷是起源于精神不得充分的怡养；烦嚣的生活是劳心人最致命的伤，离开了就有办法，最好是去山林静僻处躲起。但这环境的改变，虽则重要，还只是消极的一面；为要启发性灵，一个人还得积极地寻求。比性爱更超越更不可摇动的一个精神的寄托——他得自动去发现他的上帝。

上帝这味药是不易配得的，我们姑且放开在一边（虽则我们不能因他字面的兀突就忽略它的深刻的涵养，那就是说这时代的苦闷现象隐示一种渐次形成宗教性大运动的趋向）；暂时脱离现社会去另谋隐居生活那味药，在我不但在事实上有要得到的可能，并且正合我新近一天迫似一天的私愿，我不能不计较一下。

我们都是在生活的蜘网中胶住了的细虫，有的还在勉强挣扎，大多数是早已没了生气，只当着风来吹动网丝的时候顶可怜相地晃动着，多经历一天人事，做人不自由的感觉也跟着真似一天。人事上的关连一天加密一天，理想的生活上的依据反而一天远似一天，仅是这飘忽忽的，仿佛是一块石子在一个无底的深潭中无穷尽地往下坠着似地——有到底的一天吗，天知道！实际的生活逼得越紧，理想的生活宕得越空，你这空手仆仆的不"丢"怎么着？你睁开眼来看看，见着的只是一个悲惨的世界，我们这倒运的民族眼下只有两种人可分，一种是在死的边沿过活的，又一种简直是在死里面过活的：你不能不发悲心不是，可是你有什么能耐能抵挡这普遍"死化"的凶潮，太凄惨了呀这"人道的幽微的悲切的音乐"！那么你闭上眼吧，你只是发现另一个悲惨的世界：你的感情，你的思想，你的意志，你的经验，你的理想，有哪一样调谐的，有哪一样容许你安舒的？你想要攀援，但是你的力量？你仿佛是掉落在一个井里，四边全是光油油不可攀援的陡壁，你怎么想上得来？就我个人说，所谓教育只是"画皮"的勾当，我何尝得到一点真的知识？说经验吧；不错，我也曾进货似的运得一部分的经验，但这都是硬性的、杂乱的、不经受意识渗透的；经验自经验，我自我，这一屋子满满的生客只使主人觉得迷惑、慌张、害怕。不，我不但不曾"找到"我自己；我竟疑心我是"丢"定了的。曼殊斐儿在她的日记里写——我不是晶莹的透彻。

我什么都不愿意的。全是灰色的；重的、闷的。我要生活，这话怎么讲？单说是太易了。可是你有什么法子？

所有我写下的，所有我的生活，全是在海水的边沿上。这仿佛是一种玩艺。我想把我所有的力量全给放上去，但不知怎的我做不到。

前这几天，最使人注意的是蓝的色彩。蓝的天，蓝的山，一切都是神异的蓝！但深黄昏的时刻才真是时光的时光。当着那时候，面前放着非人间的美景，你不难领会到你应分走的道儿有多远。珍重你的笔，得不辜负那上升的明月，那白的天光。你得够"简洁"的。正如你在上帝跟前得简洁。

我方才细心地刷净收拾我的水笔。下回它再要是漏，那它就不够格儿。

我觉得我总不能给我自己一个沉思的机会，我正需要那个。我觉得我的心地不够清白，不识卑，不兴。这底里的渣子新近又漾了起来。我对着山看，我见着的就是山。说实话？我念不相干的书……不经心，随意？是的，就是这情形。心思乱，含糊，不积极，尤其是躲懒，不够用工。——白费时光。

我早就这么喊着——现在还是这呼声。为什么这阑珊的,你?啊,究竟为什么?

我一定得再发心一次,我得重新来过。我再来写一定得简洁的、充实的、自由地写,从我心坎里出来的。平心静气的,不问成功或是失败,就这往前去做去。但是这回得下决心了!尤其得跟生活接近。跟这天、这月、这些星、这些冷落的坦白的高山。

"我要是身体健,"曼殊斐儿在又一处写,"我就一个跑到一个地方去,在一株树下坐着去"。她这苦痛的企求内心的莹澈与生活的调谐,那一个字不在我此时比她更"散漫、含糊、不积极"的心境里引起同情的回响!啊,谁不这样想:我要是能,我一定跑到一个地方在一株树下坐着去。但是你能吗?

人类是唯一在工作的动物

林语堂

　　人生的盛宴已经摆在我们的面前,现在唯一的问题是我们的胃口怎样。问题是胃口而不是盛宴。关于人,最难了解的事情终究是他对工作的观念,及他指定给自己做的工作或社会指定给他做的工作。世间的万物都在悠闲中过日子,只有人类为生活而工作着。他工作着,因为他必须工作,因为在文化日益进步的时候,生活也变得更加复杂,到处是义务、责任、恐惧、阻碍和野心,这些东西不是由大自然产生出来的,而是由人类社会产生出来的。当我在这里坐在我的书台边时,一只鸽子在我窗外绕着一座礼拜堂的尖塔飞翔着,毫不忧虑午餐吃什么东西。我知道我的午餐比那鸽子的午餐复杂得多,我也知道我所要吃的几样东西,乃是成千累万的人们工作的结果,需要一个极复杂的种植、贸易、运输、递送和烹饪的制度,为了这个原因,人类要获得食物是比动物更困难的。虽然如此,如果一只莽丛中的野兽跑到都市来,知道人类生活的匆忙是为了什么目的,那么,它对这个人类社会一定会发生很大的疑惑。

　　那莽丛中的野兽的第一个思想一定是:人类是唯一在工作的动物。除了几只驮马和磨坊里的水牛之外,连家畜也不必工作。警犬不大有执行职务的机会；以守屋为职责的家犬多数的时候是在玩耍的，早晨阳光温暖的时候总要舒舒服服地睡一下；那贵族化的猫儿的确不会为生活而工作，天赋给它一个矫捷的身体，使它可以随时跳过邻居的篱笆，它甚至于不感觉到它是被俘囚的——它要到什么地方去就去。所以，世间只有这个劳苦工作着的人类，驯服地关在笼子里，可是没有食物的供养，被这个文化及复杂的社会强迫着去工作，去为自己的供养问题而烦虑着。

我知道人类也有其长处——知识的愉快，谈话的欢乐和幻想的喜悦，例如，在看一出舞台戏的时候。可是我们不能忘掉一个根本的事实，就是：人类的生活弄得太复杂了，光是直接或间接供养自己的问题，已经需要我们人类十分之九以上的活动了。文化大抵是寻找食物的问题，而进步是一种使食物越来越难得到的发展。如果文化不使人类那么难于获得食物，人类绝对没有工作得那么劳苦的必要。我们的危机是在过分文明，是在获取食物的工作太苦，因而在获取食物的过程中，失掉吃东西的胃口——我们现在的确已经达到这个境地了。由莽丛中的野兽或哲学家的眼光看起来，这似乎是没有什么意义的。

我每次看见都市的摩天楼或一望相连的屋顶时，总觉得心惊胆战。这真是令人惊奇的景象。两三座水塔，两三个钉广告牌的铜架，一两座尖塔，一望相连的沥青的屋顶材料和砖头，形成一些四方形的、矗立的、垂直的轮廓，完全没有什么组织或次序，点缀着一些泥土，退色的烟突，以及几条晒着衣服的绳索和交叉着的无线电天线。我俯视街道，又看见一列灰色或退色的红砖的墙壁，墙壁上有成列的、千篇一律的、阴暗的小窗，窗门一半开着，一半给阴影掩蔽着，窗槛上也许有一瓶牛乳，其他的窗槛上有几盆细小的病态的花儿。

每天早上，有一个女孩子带着她的狗儿跑到屋顶来，坐在屋顶的楼梯上晒太阳。当我再仰首眺望时，我看见一列一列的屋顶，连结几英里远，形成一些难看的四方形的轮廓，一直伸展到远方去。又是一些水塔，又是一些砖屋。人类便居住在这里。他们怎样居住呢？每一家就住在这么一两个阴暗的窗户的后边吗？他们做什么事情过活呢？说来真是令人咋舌。在两三个窗户的后边就有一对夫妻，每天晚上像鸽子那样地回到他们的鸽笼里去睡觉；接着他们在早晨清醒了，喝过咖啡，丈夫到街上去，到某地方为家人寻找面包，妻子在家里不断地、拼命地要把尘埃扫出去，使那小地方干净。到下午四五点钟时她们跑到门边，和邻居相见，大家谈谈天，吸吸新鲜空气，到了晚上，他们带着疲乏的身体再上床去睡。他们就这样生活下去啦！

还有其他比较小康的人家，住在较好的公寓里。他们有着更"美术化"的房间和灯罩。房间更井然有序，更干净！房中比较有一点空处，但也仅是一点点而已。租了一个七个房间的公寓已算是奢侈的事情，更不必说自己拥有一个七个房间的公寓了！可是这也不一定使人有更大的快乐。较没有经济上的烦恼，债务也较少，那是真的。可是同时却较多情感上的纠纷，较多离婚的事件，较多不忠的丈夫晚上不回家，或夫妻俩晚上一同到外边去游乐放荡。他们所需要的是娱乐。

天啊，他们须离开这些单调的、千篇一律的砖头墙壁和发光的木头地板去找娱乐！他们当然会跑去看裸体女人啦。因此患神经衰弱症的人更多，吃阿司匹林药饼的人更多，患贵族病的人更多，患结肠炎、盲肠炎和消化不良症的人更多，患脑部软化和肝脏变硬的人更多，患十二指肠烂溃症和肠部撕裂症的人更多，胃部工作过度和肾脏负担过重的人更多，患膀胱发炎和脾脏损坏症的人更多，患心脏胀大和神经错乱的人更多，患胸部平坦和血压过高的人更多，患糖尿病、肾脏炎、脚气症、风湿痹、失眠症、动脉硬化症、痔疾、瘘管、慢性痢疾、慢性大便秘结、胃口不佳和生之厌倦的人更多。这样还不够，还得使狗儿多些，孩子少些。快乐的问题完全看那些住在高雅的公寓里的男女的性质和脾气如何而定。有些人的确有着欢乐的生活，但其他的人却没有。可是在大体上说来，他们也许比那些工作劳苦的人更不快乐；他们感到更大的无聊和厌倦。然而他们有一部汽车，或许也有一座乡间住宅。啊，乡间住宅，这是他们的救星，这么一来，人们在乡间劳苦工作，希望到都市去，在都市赚到足量的金钱，可以再回乡间去隐居。

当你在都市里散步的时候，你看见大街上有美容室、鲜花店和运输公司，后边一条街上有药店、食品杂货店、铁器店、理发店、洗衣店、小餐馆和报摊。你闲荡了一个钟头，如果那是一个大都市的话，你依然是在那都市里；你只看见更多的街道、更多的药店、食品杂货店、铁器店、理发店、洗衣店、小餐馆和报摊。这些人怎样生活度日呢？他们为什么到这里来呢？答案很简单。洗衣匠洗理发匠和餐馆堂倌的衣服，餐馆堂倌侍候洗衣匠和理发匠吃饭，而理发匠则替洗衣匠和堂倌理发，那便是文化。那不是令人惊奇的事吗？

我敢说有些洗衣匠、理发匠和堂倌一生不曾离开过他们工作的地方，到十条街以外的地方去的。谢天谢地，他们至少有电影，可以看见鸟儿在银幕上唱歌，看见树木在生长，在摇曳。土耳其、埃及、喜马拉雅山、安第斯山、暴风雨、船舶沉没、加冕典礼、蚂蚁、毛虫、麝鼠、蜥蜴和蝎的格斗，山丘、波浪、沙、云，甚至于月亮———一切都在银幕上！

呵，智慧的人类，极端智慧的人类！我赞颂你。人们劳苦着，工作着，为生活而烦恼到头发变白，忘掉游玩：这种文化是多么不可思议啊！

出 版 说 明

意大利文学家卡尔维诺说：经典是那些正在重读的书，经典是常谈常新的书。为了给青少年朋友提供一个方便阅读的版本，本套书在保持经典著作原貌的基础上，编者参考了多个版本，对照原文，重新做了校订，主要校对原则如下：

一、旧时的习惯用法，如做、作、的、地、底、见等，根据现行语言文字规范加以改正。

二、对外国地名、人名等，如马尔图斯改为马尔萨斯、亚剌伯改为阿拉伯、丹德改为但丁、米亿朗其罗改为米开朗基罗等，一般都改为现代的通用法。

三、对民国时期的一些用语、地名，如海甸等，基本上予以保留。

像孩子一样，多微笑，你会发现，整个世界都亮了。